Colecção Literatura de Macau

·散 文·

神奇的少年时代

贺绫声 / 著

作家出版社

澳门文学丛书

编委名单

总　序

值此"澳门文学丛书"出版之际，我不由想起 1997 年 3 月至 2013 年 4 月之间，对澳门的几次造访。在这几次访问中，从街边散步到社团座谈，从文化广场到大学讲堂，我遇见的文学创作者和爱好者越来越多，我置身于其中的文学气氛越来越浓，我被问及的各种各样的问题，也越来越集中于澳门文学的建设上来。这让我强烈地感觉到：澳门文学正在走向自觉，一个澳门人自己的文学时代即将到来。

事实确乎如此。包括诗歌、小说、散文、评论在内的"澳门文学丛书"，经过广泛汇集、精心筛选，已颇具规模。这一批数量可观的文本，是文学对当代澳门的真情观照，是老中青三代写作人奋力开拓并自我证明的丰硕成果。由此，我们欣喜地发现，一块与澳门人语言、生命和精神紧密结合的文学高地，正一步一步地隆起。

在澳门，有一群为数不少的写作人，他们不慕荣利，不怕寂寞，在沉重的工作和生活的双重压力下，心甘情愿地挤出时间来，从事文学书写。这种纯业余的写作方式，完全是出于一种兴趣，一种热爱，一种诗意追求的精神需要。惟其如此，他们的笔触是自由的，体现着一种充分的主体性；他们的喜怒哀乐，他们对于社会人生和自身命运的思考，也是恳切的，流淌着一种发自肺腑的真诚。澳门众多的写作人，就这样从语言与生活的密切关联里，坚守着文学，坚持文学书写，使文学的重要性在心灵深处保持不变，使澳门文学的亮丽风景得以形成，从而表现了澳门人的自尊和自爱，真是弥足珍贵。这情形呼应着一个令人振奋的现实：在物欲喧嚣、拜金主义盛行的当下，在视听信息量极大的网络、多媒体面前，学问、智慧、理念、心胸、情操与文学的全部内涵，并没有被取代，即便是在博彩业特别兴旺发达的澳门小城。

文学是一个民族的精神花朵，一个民族的精神史；文学是一个民族的品位和素质，一个民族的乃至影响世界的智慧和胸襟。我们写作人要敢于看不起那些空心化、浅薄化、碎片化、一味搞笑、肆意恶搞、咋咋呼呼迎合起哄的所谓"作品"。在我们的心目中，应该有屈原、司马迁、陶渊明、李白、杜甫、王维、苏轼、辛弃疾、陆游、关汉卿、王实甫、汤显祖、曹雪芹、蒲松龄；应该有莎士比亚、歌德、雨果、巴尔扎克、普希金、托尔斯泰、陀思妥耶夫斯基、罗曼·罗兰、马尔克斯、艾略特、卡夫卡、乔伊斯、福克纳……他们才是我们写作人努力学习，并奋力追赶和超越的标杆。澳门文学成长的过程中，正不断地透露出这种勇气和追求，这让我对她的健康发展，充满了美好的期待。

毋庸讳言，澳门文学或许还存在着这样那样的不足，甚至或许还显得有些稚嫩，但正如鲁迅所说，幼稚并不可怕，不腐败就好。澳门的朋友——尤其年轻的朋友要沉得住气，静下心来，默默耕耘，日将月就，在持续的辛劳付出中，去实现走向世界的过程。从"澳门文学丛书"看，澳门文学生态状况优良，写作群体年龄层次均衡，各种文学样式齐头并进，各种风格流派不囿于一，传统性、开放性、本土性、杂糅性，将古今、中西、雅俗兼容并蓄，呈现出一种丰富多彩而又色彩各异的"鸡尾酒"式的文学景象，这在中华民族文学画卷中颇具代表性，是有特色、有生命力、可持续发展的文学。

这套作家出版社版的文学丛书，体现着一种对澳门文学的尊重、珍视和爱护，必将极大地鼓舞和推动澳门文学的发展。就小城而言，这是她回归祖国之后，文学收获的第一次较全面的总结和较集中的展示；从全国来看，这又是一个观赏的橱窗，内地写作人和读者可由此了解、认识澳门文学，澳门写作人也可以在更广远的时空里，听取物议，汲取营养，提高自信力和创造力。真应该感谢"澳门文学丛书"的策划者、编辑者和出版者，他们为澳门文学乃至中国文学建设，做了一件十分有意义的事。

是为序。

2014.6.6

目　录
CONTENTS

卷一　送一条非洲鲫给爸爸

卷四 写作骗子

卷五　时代记号

卷六　在等待与到来之间

卷七　漫步澳门

卷八　书柜里的回忆

卷九　那谁何苦等你唱

卷一　送一条非洲鲥给爸爸

妈妈的眼光

相识了十五年的歌手朋友日前来电，邀请我和内子到他开张一年多的葡国餐厅聚会。本以为老友多年没见，酒余饭饱之后聊的应该是两性话题或育儿经，殊不知他忧心忡忡地说自己的餐厅将于下月结束营业，是趁还在经营才相约好朋友前来，留下一段美好的回忆。我的太太总是不识时务，竟在这种气氛下问了我朋友一个致命的问题——你的食品非常不错，怎么会结业啊？这话一出，大家都很尴尬。幸好朋友百无禁忌，就着这话题跟我太太聊开去……

歌手阿聪说，开店时得到不少圈中朋友帮助，很快便吸引到各地旅客慕名而来，经营不到两个月已经回本。随着赌收下滑，生意虽没有那么火红，但勉强还过得去。然而，有一天，他妈妈聘请回来的伙计做了一件有损餐厅声誉的事，从此生意便一落千丈。

听到这里，我的太太忍不住问阿聪，你们聘请员工时没有面试吗？怎么会留下这样的害虫在餐厅里工作？阿聪很生气地说，人是妈妈请回来的，当时她说那人留学葡国四年，精通各种传统葡菜的煮法，聘请回来绝对没有错。"虽然那时我对此人不太有好感，但为了孝顺妈妈，又想到请人困难，还是乖乖地把那人留下来。"

初时，那厨子工作尽力，也以独特的菜式吸引不少回头客，但当他慢慢得到信任后，就开始原形毕露。在妈妈不再打理餐厅的日子，他天天迟到早退，还在厨房内聚赌，导致其他员工整日精神涣散，上菜慢落错单变成常态，引起许多食客不满。"虽然我目睹一切，还把这些情况告诉母亲，无奈她不相信！"

"阿聪你这个笨蛋！"我忍不住插嘴说，"有时做事不能那么宅心仁厚，你这样纵容他，只会害了餐厅，你知道一颗螺丝的故事吗？就是说，即使你拥有一部超级生产机器，但掉了一颗螺丝，机器便无法再正常生产了，你必须在发现有异常时，当机立断换掉那颗螺丝才行。"

阿聪没好气地回道："难道我没想过用人不当的后果吗？我就是不想让妈妈知道她的眼光不好！"说到这里，大家都想起了在小城当一个管理者的无奈。席上的人笑而不语，默默把各自杯中余下的红酒一饮而尽。

专栏作家

从前常听喜欢看专栏文章的妈妈说，澳门有位作家深得她爱戴，无论每天工作多忙碌，她都会认认真真地把他的文章阅毕，才开始进入工作状态。

每逢八月份，那位作家都例牌脱稿两周到日本旅行，在那段日子里，妈妈总是神不守舍，仿如失去人生目标般生活着。为了开解她，有一天弟弟给她出了个主意，"何不我们一家人也到日本旅游去，碰碰运气，看看能否遇上这个作家？"全拜这个作家所赐，我俩兄弟才有机会在每年乏味的暑假到日本去增广见闻。

在弟弟尝到这个甜头以后，他就开始每天追看那位作家的专栏。凭着一点小聪明，他很快便掌握了作家的起居饮食习惯及个人喜好。记得有一年 NBA 季后赛，作家只是在专栏中说了一句：支持公牛队夺冠！弟弟就立刻怂恿妈妈带他去美国看球赛。

此后，凡说跟那位作家有关的事情，妈妈都照做无疑，几乎屡试不爽。渐渐地，弟弟发觉当专栏作家很有型，因为文章见诸报端，一定会有人追看，甚至崇拜，说不定还可以解决繁复的社会纷争，拯救人民于水深火热之中。

于是，满怀写作热情的弟弟，在大三那年立志当一名专栏作家，直到今天，他仍然笔耕不辍，办公室的 OL，尤其喜欢阅读他的两性随笔。

近年，传统报纸迎接网络新趋势，开始大搞视频新闻，单单爆竹厂那起新闻报道，已吸引四万多人点击，有朋友在吃饭时问我弟弟："在新媒体时代下，任何报道都以影像为主，那以文字为载体的专栏，会否被淘汰？当读者习惯了影像阅读以后，会不会不再喜欢看文字？"

弟弟听后哈哈大笑起来，举了一个例子解答朋友的提问："你知道我前阵子写过一篇题为'加油站扫描二维码危险吗'的文章吗？初时我以为这类文章见报以后，人们不会特别注意油站使用手机的潜在风险，怎知道今晚我去油站入油时，扫二维码的装置已经暂停使用了，这说明了什么呢？"

另外一个一直沉默不语的朋友突然插嘴说："这说明了，孱弱书生也有改变世界的强大力量啊！"大家顿时哈哈大笑起来。

POKEMON GO MACAU

等了又等，人气游戏 *POKEMON GO* 至今仍未登陆澳门，绝望至极的本地玩家于二周发起一人一信行动，希望任天堂能够尽快开放澳门区域，让苦候多时的玩家能体验到 VR 游戏的滋味。上周趁着到港探访朋友之便，率先试玩了这个游戏，爱不释手，让我重拾儿时拿着 GAMEBOY 一边行路一边打机的乐趣，差一点忘了回澳。

POKEMON GO 上周降临香港，热潮迅速升温，能够吸引平日宅在家中的年轻人跑到只有老年人聚集的公园捕捉精灵，自有其独特之处和成功之道。不过，由于游戏的"毒性"颇强，不论男女老幼，一旦玩起来，就很容易上瘾，无法再专心工作和学习，甚至还会酿成意外。所以在游戏推出以后，不断传出层出不穷的意外事件：玩家跑到荒野找精灵被人打劫啦，全神贯注捕精灵闯入别人家被人开枪射杀啦，走到山崖失足坠下和乱过马路被车撞倒啦……立即引起社会各界关注，甚至有家长投诉这个游戏潜在危险性太大，要求当局禁止。

话虽如此，但亦有不少家长对这游戏表示欢迎。因为时值暑假，小朋友有闲暇时间，与其留在家中看电影玩电脑，倒不如让他们当一下暑期"训练员"，到公园去捕捉小精灵。这样跑来跑去，既可锻炼他们体能，又可透过游戏内的交换精灵功能及分阵营战斗，结交新朋友，从小培养良好的社交能力。当然，凡是游戏都必有弊端。只要家长能够把握分寸，多加注意玩乐时间与人身安全，玩 VR 游戏绝对是利大于弊。尤其是没有什么亲子设施的澳门，亟须 *POKEMON GO* 弥补儿童的缺失。

目前 *POKEMON GO* 已经开放给超过三十个欧美等国家的玩家下载，亚洲地区暂时只开放了香港，于是有澳门网友在网上讨论区指出，澳门面积太小了，任天堂根本不知道澳门在哪，即使知道了，也会误把澳门当作香港一部分；亦有网友说澳门人口太少了，真正死忠玩家也不过寥寥几千人，产生不了商业效益，自然放弃澳门这个市场。

今夜看着下载了的 *POKEMON GO* 游戏画面，一个人站在空白一片无法定位的地图上，让我突然想起人们平日高呼的口号："我们要与国际接轨，把澳门打造成世界旅游休闲中心！"对于澳门的未来，我还是一片茫然。

看通书

听太太说，如果在淘宝上看到心仪的东西，千万不要冲动立即付费，应该慢慢看清楚货物的简介，之后再货比三家再下决定。毕竟网上购物不同于自己亲身到场拣选，万一货物有瑕疵又寄出了的话，真是赔了夫人又折兵。

早阵子，为了赶一份以奥地利诗人里尔克为题的报告，急需一套他的诗歌全集。本以为被称誉为诗城的澳门，许多中外诗集都齐全吧，跟伙伴们跑了几间大型图书馆，也一无所获，后来在朋友脸书里发现，内地某出版社刚出版了一套里尔克诗全集。看到这消息，犹如入了宝山中，又怎能空手而回呢？我想也没想，立即扫描朋友脸书上的二维码，很快就进入了购书的淘宝界面。由于急需的关系，我没有问过太太怎么使用淘宝购物，也没有反复细阅货物的介绍，便付了钱。结果收货那天才发现货不对板，邮寄过来的书，分明是旧时并未齐稿的版本。

我为之大吃一惊，心里嘀咕，都按照购买须知完成相关程序，应该没有点错别的链接买错书吧，猜想是店主存心欺骗，把旧版本当作新版出售，乘机散去一些仓底货。就在我心情烦躁之际，太太刚好下班回来，并且知道了整个买卖的来龙去脉，她没好气地说："你平时就是嫌我啰唆，没耐性听人的忠告，现在吃亏了，你说该如何收科呢？"接着，她告诉我淘宝充斥假货是事实，但这并非代表没有好货，只要懂得一些窍门，譬如阅读网友的评论，买到正货绝对不是难事。她又再三强调，千万不要小看这寥寥十多二十字的风评，它犹如《食经》，这家店的出品优劣好坏，自然一目了然。

之后，我无论购物也好，上食肆消费也好，一律先上网看看网友的评价，再决定光顾哪家店。这个方法，屡试不爽。昨晚的家庭日，我又一如既往地按照老规矩，上网翻查那家新食店的评价，才跟家人一起前往进餐。不过，今次出乎意料的是，依照网友推介的菜式全部滑铁卢，买单时才知道，原来网友所谓的好味推介，其实只是该店要求顾客按赞并留下好评，就可获得 85 折的手段。当然，我没有独善其身，也获得了折扣的优惠。

在回家的路上，我笑笑口问太太："这个世界，应该没有一本通书能读到老吧？"

暗恋

刚刚看过龙舟竞赛，转眼已是学生哥上夏令班的日子了。自从千禧年过后，时光犹如流水般迅速流逝，十年前答应某某的承诺，至今还未完成一分之一，自己的儿子却已经长大了。今夜久违的老同学突然从美国来电，询问我还记不记得八月十二日之约。八月十二，十年前的八月十二，到底跟谁约定好呢？空间一下子静止，我再也听不到话筒传来的声音，只听到时间嘟嘟嘟的在耳畔回响，脑袋一片空白，什么都想不起来。

周日无事可做，回到旧居收拾已经过时的杂志与书籍，准备拿去心水书房捐赠喜欢阅读的朋友，无意中翻阅到一本诗集的一页，不知道是谁写下了哲学家奥修的句子，令我苦恼了半小时：

> 当你真正的成熟，所有的不好都开始消逝。爱成长，恨消失。慈悲成长，愤怒消失。分享成长，贪婪消失。那就是你更往深处走的时刻。

看着书里的字迹，这分明是一个女大学生写的字，到底她是谁？为了解开这个谜，我翻开了那本尘封多年的大学毕业纪念册，逐页逐页地读，一行一行地看，希望能认出这人的字迹，找出约定的线索。花了一个钟头，发现被胶水封着的一页里，有一段从前忽略了的文字："最后一次见你的路口，我现在才明白那原来是一条河，或是一道地层下陷，从那里开始时间有了不同的转述，我们再也不站在同一个地面了，从轨道最靠近交错的那一点，逸出朝向全然不同的宇宙。"署名：张惠菁。终于真相大白了，原来这个女同学是张惠菁，她到底搞什么鬼呢，总爱故弄玄虚来吸引我。我深深不忿地上谷歌输入她的名字，希望能得到更多关于她的现况。切！谷歌给我的答案竟是：张惠菁，台湾作家……

后来，美国朋友再来电解释，那天她的网络不好突然断了线，没有好好告诉我八月十二日是我跟小M（我太太）相识十周年的纪念日，因她一直知道我记性不好，所以才特意打电话来提示。至于书本上写下这些文字的人，其实是我太太，我竟然分辨不出她的字迹，实在罪该万死。那纪念册里的张惠菁呢？我想，每个男孩子的一生中，总会遇上几个知己，她们喜欢整天跟你黏在一起，却从不告诉你，喜欢你有多孤单，有多痛苦。

张惠菁，应该是其中的一个。

善良之心

早前电影人舒淇在个人脸书上公布天下，会在七月七日告别这个无所不能的脸书社交平台，并且罗列了十大理由。这十个理由，大多都是觉得社交平台给大众政治生活、思维模式及价值观带来了危害，尤其是心智未成熟的青少年，应该及早远离，因为当他们习惯了这种生活模式后，个人情绪和喜恶，都会渐渐被平台上的言论牵着鼻子走。久而久之，对事物的判断，也会失去理性云云。

话虽这样说，但如果你懂得使用脸书这个社交媒体，它绝对是金庸小说中的屠龙宝刀，即使不能助你号令天下，也能帮助你提高品牌的透明度，不会落在时代后面。

近日，第十九届书市嘉年华在理工学院体育馆举行，主办单位除了举办捐书活动外，还搞搞新意思，特意在脸书上开通了专页，介绍今届书展的讲座内容及书籍资讯。然而，网友初时以为，主办方可能只是随意开一个账号来宣传当天开幕情况，之后就会成为不再活跃的"僵尸专页"，因为这种专页"败类"，网络上比比皆是，见怪不怪，根本不值得再注意。

出乎意料的是，书市嘉年华专页竟然天天更新近况，而且还图文并茂地介绍举办期间每天的活动和现场情形，令网友们眼镜跌碎了一地。对于这种突破性的改革，一向有留意澳门书展的朋友，都竖起拇指大赞好咧。

今晚，曾参与过多次书展活动的好友 Nat 突然打电话告诉我:"喂,你知唔知书展今年玩到好大呀?佢哋终于开了脸书专页啊,这简直是历史性壮举。虽然唔知可以吸引到多少读者到场购书,但至少给人一种真实的存在感,是一次很好的阅读宣传策略。"

我说:"对啊,今天我因工作关系,错过了沈尚青与李烈声的讲座,但我从脸书上即时看到他们主讲的精彩照片,还有视频直播回放,喜欢看作家演讲的朋友,肯定会感动。"

今次书市嘉年华受到其他不爱书的网友关注,多少都跟脸书专页有关,想起之前舒淇告别脸书的宣言,我倒觉得脸书是一把绝世双刃剑,与其害怕它会引起江湖的腥风血雨,倒不如怀着一颗善良之心,跟它一起闯荡江湖,说不定还可以拯救世界!

在黑沙环寻食

许久不见的朋友约吃饭，地点选在她以为我知晓的地方，结果我迷路了。发讯息过去向她求救，朋友得知情况颇严重，立即拨打电话询问我几个问题：知道黑沙环卫生中心在哪儿吗？不知道！看到有个公园吗？好像没看到，只有很多地盘在动工！那你找到桕子咖啡吗？我说，应该找不到了，但我会尝试找……在话筒另一端、顶住三十四度高温在街道上与我确认位置的傻鸭，已经没耐性与我纠缠下去，干脆叫我站在原地别动，等她过来带领。

真是远在天边近在眼前，我告诉傻鸭自己在附近走了几圈，就是看不见那间咖啡店，原来一直在身边。而我确定跟它没半点缘分，是因为当我们推门进去，便发现咖啡店座无虚席。

退而求其次，傻鸭建议到新开的小泉居。我没有异议，一路上边说边笑，很快就到达目的地。傻鸭在路上又问了我几个问题。其中，一、你不是已经在黑沙环附近上班三四年吗？怎么还不熟悉这里的地标？二、你不是曾经在浸信中学附近打过球吗？为何对它的前后门没印象？这两点我真的一时无法回答。

老实说，对黑沙环寰宇天下一带的印象，我的记忆只停留在大学一年级那个时候。当时，浸信中学刚开始建造，周遭住宅稀少，只有一个篮球场。那些年的黑沙环，四野空旷，杳无人烟，球场上的少年，一抬头就能看见蓝天白云，加上黄昏时分海风习习吹来，俨然一个世外桃源。谁会想到，这里如今已是开满店铺的高档住户区。

傻鸭坐下后立即叫点餐，当我看着餐单上的食物与价格，突然有种跟旧情人相逢的感慨，不禁喜形于色。她也留意到我的兴奋，我便告诉她自己很多年没到过小泉居了，不是说自己不喜欢它的食物，也不是它的服务水准下降，而是近年来跟我约会的女性朋友，大多嫌小泉居不够气派，都要求我到日本餐厅去……

就这样，我们百无聊赖地聊了两小时，虽然傻鸭已经成为全职妈妈一年，但她仍然惦记我这个跟她相处了多年的同事，这种牵挂，就像我无法忘记这里的平民食店一样。我们便约好，下次要到佑汉街市熟食中心寻食。我想，去佑汉街市的话，应该不会迷路了。

京城乘车记

　　只是在北京生活短短一周，就已感觉到非常不适合自己，其中最主要是交通问题。在拥挤得不可让脑袋有什么邪念、不可让身体有任何举动（有任何举动，都可能会被女士们大叫非礼吧）的地铁车厢内，你很难想象好友绍珊，能独自一人在京城生活了五年的光景。她到底是怎样挨过来的？为了让自己的行程轻松点，舍难取易，一切的出行改为的士代步，自以为做了聪明的选择，怎料换来的却是一肚子气。

　　由于在脸书上暴露了自己的行踪，也是来北京出差的香港朋友陈先生竟然给我电话，说大家都来了北京，要不要出来见个面。趁着下午有空暇，我便到他下榻的酒店一聚。北京堵车问题，我早已有所听闻，本以为只要过了上班高峰时段，路面情况应该会比较顺畅，于是便施施然在街上截车。等了十分钟仍不见的士，我便开始急起来，然后快步走过几个街口，才总算及时找到车。

　　可是，车子没开多远，便开始堵了。那时，的士大哥竟然说出了一句石破天惊的话："早知不载你，浪费我生命，如果不走这条路，我可赚得更多的钱和时间。"司机的抱怨态度，让我想起之前北京举办奥运期间遇见的那些司机，已然是两个模样。

　　跟朋友吃过晚饭后，各自打道回府。他住的酒店靠近王府井，徒步回去便行。我则比较麻烦，因住在国贸那头，比较远，必须要再打的回去。走着走着，遇见的的士司机要么拒载，要么开天价，已经极度疲累的我，深深体会到在北京做好每一件事，都需要忍耐和毅力。最后，我放弃乘坐的士，花了半小时跑到地铁站，坐拥挤得令人呼吸困难的地铁回去。

回到澳门，我跟朋友说起在京城的乘车经历，说自己生活在澳门实在幸福得多，而朋友反问我，为什么不用滴滴打车呢？啊！是啊，一语惊醒梦中人，怎么当时我想不到呢？这可能是我对北京的印象，仍旧保留在她办奥运时的形象吧——空气清爽，阳光明媚，人人彬彬有礼的北京，才是我心中的首都。

出差之堵城

又是工作关系，本月已经第二次出差，目的地是久违了十五年的北京。在这短短的七天里，我认识了很多不同领域的新朋友，同时又让一直以来未能纾缓的工作压力，再放松了一点，为苦闷的生活找到新的节奏。但人在江湖，仍旧是身不由己，因为澳门急需解决的工作问题、家庭问题，还是要你及时去解决。智能手机时代，工作永远跟身。

今天的北京，已一改以前的面貌。我之所以这样说，是因为近年举办北京奥运，政府为了打造新北京形象，已经将一些古旧街道活化，引入一些潮流、艺术、特色餐饮等元素，务求照料从世界各地涌来的旅客。记得中学毕业时踏足北京的年月，总能在胡同与胡同间，听到小贩的吆喝声，但随着时代的大变迁，京城风光不再，小贩档的吆喝声也跟着胡同一起消失了。

虽然记忆模糊，但仍依稀记得旧北京的胡同比比皆是，仿佛它是北京特有的一种文化，世界各地的旅客，因此慕名前来参观。其实，只要到现场一看，便会明白，这些在杂志报纸上介绍的胡同，不过是上海人说的弄，我们说的小巷，只是叫法不同罢了。可是，今天我拿着 GOOGLE 地图搜寻，即使定位显示脚下站着的地方仍叫胡同，却再也感受不到从前走过的感觉，觉得自己跟身处香港、澳门这类城市无异，这是很叫人悲哀的。

从前老北京吸引人的那种闲适生活，真是令人怀念啊！我每重游一个景点，无不叹息起来，现在到处都是高楼大厦、车水马龙，城市繁华了，反而办事不方便，生活很不快乐。

　　在来京之前，住在那里的朋友曾告诉我，他说自己一天只能办一件事，要办两件事，简直就是浪费生命。那时我听不懂他的意思，也觉得他活得太悲观。现在自己亲身经历过，总算明白了。看着去王府井那条塞满车的马路，看着天色渐渐由亮变暗，心里嘀咕能准时到达一个地方，跟他见个面，已算一天里最幸福的事了。

送一条非洲鲫给爸爸

吃早餐时，看到一则有趣的新闻，内容大概是说，生存能力强横的非洲鲫，已经全面入侵澳门，继早前捕鱼公司在石排湾水库捞捕千八条外，民署也于上月在卢九公园池塘里捞获过千条，可见非洲鲫的身影，已散布本地各处。

餐后无聊找事干，回家拿了相机便跑去卢九公园，看看报纸上所说的非洲鲫，是否真的如此强悍，能把池中其他鱼种赶尽杀绝。由于自小喜欢吃红肉，对于鲜美的鱼食，一直都不太感兴趣，以至于它们的品种，也不太懂得分辨。但为了见非洲鲫，我便抱着好奇心态上谷歌搜查一下它的资料。

翻阅维基百科得知，原来非洲鲫又名非洲仔、福寿鱼，最初生存在东非洲坦噶尼喀湖，非常之粗生及杂食，能在低氧及混杂咸淡水环境生长，繁殖速度惊人，且具强大入侵力，近年已被国际自然保护联盟小组列为世界百大入侵物种之一。单看文字资料，我未到卢园已经可以想象到，从前只要扔下一些面包皮屑，便引来全塘锦鲤的景象，已经不复再。

都说人是很易触景生情的，当巴士快到卢九站之际，脑海里突然浮现小时候爸爸带我与弟弟到公园看锦鲤的往事。

那个年代，还未流行什么赢在起跑线上的口号，小孩的娱乐生活也比现在的丰富和有趣。我们平日的亲子活动，就是到公园或山间亲近大自然，看鸟观花，聆听风浪声，感受四时变化。印象最深刻的是，即使爸爸平日工作多忙碌，他都坚持每个周末带我们到卢九或白鸽巢公园游玩。跟着他沿着花丛小径走，每当遇到有人下棋的小亭，他都会驻足观赏，为我们讲述将与兵的忠义故事；每当途经贾梅士洞，他都会介绍伟大诗人的事迹及念一首十四行诗给我们听。那时候的我们，对于爸爸所说的一切，都不甚了解，但现在回忆起来，那时的日常，就是我们人生最珍贵的片段。

我一直坐到佑汉街市站才下车，忆起爸爸还在世时，很喜欢到这里的金鱼店买龙吐珠、锦鲤等回家喂养，可惜没过数天，便全部一命呜呼。屡试屡败，很有挫败感。如果那时候我知道非洲鲫这种鱼类，我一定送几条给爸爸饲养，让他一圆小鱼养成大鱼的梦。

说故事

临出发旅行前，工人的合约刚好到期，需要到人资办续约，太太便跟工人姐姐说，趁着我们一家到高雄旅行的几天，赶快到相关部门办理手续，不要浪费这几天的余暇。一家人都以为工人会继续留下来工作，怎知道她突然说需要一点时间考虑。那天晚上下班回家，太太便着急地跟我讨论这件事。假如工人姐姐不留下来，那两个小孩以后的生活怎么办？这个迫切需要解决的问题，让我们沉默了好一阵子。

就这样，我们怀着忧喜参半的心情收拾行李，大约凌晨两点左右，太太终于开腔打破沉默，说这个工人姐姐为人爽朗，做事利落，把我们的家打理得井井有条，特别是以前常生病的大儿子，也可能因安居环境干净，生病的次数比以前减少了。更重要的是，太太觉得身为菲律宾人的她，会做拿手的广东菜，而且又适合一家大小的胃口，甚是难得。当我听到太太这样说，我就知道她的心意了。身为老公的我，要尽快想方设法开解她，别让她再愁眉苦脸，于是我就跟她说了一个关于缘分的故事。

你应该知道乔捷与 Ivy 这两个人吧？太太说："我当然知道啦！如果不是你告诉我，他们是闺蜜，我差点以为他们是情侣了。"我说："是的。但真相是，在某段日子里，他们真的互相爱着对方，如果不是 Ivy 的前男友突然出现，我想 Ivy 一定跟乔捷一起了。"说到这里，太太突然好奇起来，之前一直困扰着她的愁绪，似乎已经被乔捷的八卦一扫而空。她要求我继续说下去。

"你应该记得那个做互联网产业的爱迪生吧？他跟 Ivy 原本就是一对情侣。后来爱迪生事业有成，以为自己条件优越了，可以到处结交异性，最后弄致一脚踏几船的情史败露，Ivy 无奈与他分手。"我一边收拾衣服一边说。在这段失恋日子里，乔捷一直留在 Ivy 身旁，默默给予支持与鼓励，他们的关系有了一点微妙的改变，但是，即使乔捷再爱 Ivy，她本来也很喜欢乔捷，到最后他们仍没法走在一起——因为在 Ivy 心中，她最爱的人，就是爱迪生。

其实，你的性格跟乔捷很像呢，都是那种一心一意爱一个人，就会为他付出所有的人。虽然你很喜欢这个工人姐姐，待她如亲姐妹般，然而要跟一个陌生人长久相处下去，日复一日，年复一年，多少也要看缘分。如果真的缘尽了，就要懂得放手。

当我说完这番话后，太太似乎有所感悟，不再挂心工人去留的问题了，抱着我的手呼呼大睡。而我，竟因为乔捷的情事感到伤心，失眠到天亮。

复活

随着年纪增长，童年玩伴因各种琐碎事渐行渐远，生活也开始变得十分无趣。偶尔在等巴士的时候，回忆起从前与玩伴一起追看漫画，一起到机窦挑机的日子，仿佛现在这个年代，已经没有什么值得再留恋了。因为这座城市，只需付三四元就可以供大家消遣的场所——漫画店和机铺，已经渐渐消失了。

漫画店和机铺消失，是否代表九十年代最受年轻人钟爱的看漫画和打机嗜好，从此湮灭于人间，成为集体记忆？当然不是，只要网络跟手机同时存在，一切都可以复活过来。大家先不要一味说网络与手机如何荼毒青少年心智、令品学兼优的高才生沉迷虚拟世界、令儿童学习总是心不在焉，也不要说自从接触了智能手机后，人们突然患上了忧郁症、肌肉劳损等毛病。所谓物极必反，一切只看人的自制能力罢了。

没有了漫画店，我们这一代或往后一代，就再难以回味或接触到一些经典的热血类漫画，例如龙珠、高达、男儿当入樽等，没有了街机铺，就再难玩到可以面对面对打增长彼此友谊的格斗游戏，如街霸与拳皇等。真的是这样吗？

难道我们没有发现，网络与手机结合的模式，可以为我们这代人，甚至未来一代人带来更多的乐趣与见识吗？那些我们以为消失的东西，其实都被有心人放到互联网上了。只要利用手机上网，便可随时随地重温那些经典，而那些作品，也不会因店租太昂贵而失去生存的空间。

近月，有一些热心的商家，把一系列九十年代的经典漫画和游戏，开发成手机游戏重新包装推出，让新知旧雨都喜出望外。如果你以为这些旧时代的作品，来到今天会显得相对落后，不具吸引力的话，那就大错特错了。我曾亲身试玩过这些游戏，除了在玩耍的过程中重温故事的情节外，更明白到旧酒新瓶的重要性。好玩的东西，即使画质或技术落后一点，也一样好玩，只要换上合时的包装与科技，又可以重新引领风潮。

近年大兴文创土木的小城，为什么不打网络与手机的主意呢？若把本地的经典文学、漫画作品，开发成手游或网剧，说不定它们可以透过网络的传播，再次在城中蹿红。

喂，先生，你就不能再坚持一下吗？

昨天下午，太皮突然传短信给我，说自己近来太忙碌，没时间看书及做运动，希望减少写作，换取多一点时间阅读和陪伴太太。我想他一定是对每隔两天便要交稿的刻板生活感到厌倦了。虽然我没有像他跟陆奥写得那么疯狂（据我所知，他们一周要经营三四个专栏），但我也对生活上有过这样那样的厌倦感觉。

是的，不知不觉间，我又写了三年多专栏，如果现在跟读者说，我太累需要暂别一段时间，我想大家都不会反对吧。然而，每当我说出这种话（或有这种想法）时，陆奥一定会给我一记当头棒喝：你就不能再坚持一下吗？一个作者能获得写专栏的机会并不容易，什么都别说，快写！

别人的告诫说话，往往会成为迷惘者心中的金句，即使那些废话本来没那么励志，但都会在失落者耳边化腐朽为神奇，产生一种正能量，唤起他们心中的斗志。

于是，我试着把陆奥曾经对我说过的话，转告给太皮。真是神奇啊，太皮听后，突然觉悟了。他跟我说，即使将来生活再忙碌，他都要把文章写好，因为今天的写作成绩，真是得来不易。他又说，只要适当分配好时间，阅读、做运动根本两不误。

今天吃晚饭的时候，我又把昨天的经历告诉太太，她听后觉得很有趣，希望我能够把这个方法用在育儿方面。

四岁的儿子因还有作业未完成而发脾气，我在老婆的鼓励下，试着走到他身旁，叫他不要乱丢铅笔，慢慢把中文字写好。我轻拍他的头说：你就不能再坚持一下吗？今天的学位得来不易呀。儿子听后一脸疑惑。

　　最后，在我的辅助下，家课花了四十五分钟才完成，原因是要写的中文字笔画太复杂，我必须握着他的手，一笔一笔教他写。然而，在这短短的四十五分钟内，我又萌生出厌倦的感觉很想丢笔放弃，但看到儿子一副认真学习的样子，我又觉得自己应该做个好榜样……

　　面对生活上的种种打击，人是很容易轻言放弃的，特别是像我这种颓青。所以，才要常常记住陆奥的金句：你就不能再坚持一下吗？（似乎很重要，文中已出现三次。）

　　今周的专栏，我在金句的鼓励下终于完成了。正当我准备上床睡觉时，太太突然醒来叫我做"运动"，热身过后，我说快不行了，她竟然跟我说：喂，先生，你就不能再坚持一下吗？又出动金句，唉，真讨厌啊！

绿叶

上个月朋友生日，阿 K 特意向太太请了一晚假，独自一人到朋友包下来的酒吧喝酒，乘机周围猎艳一番。说起来，他自从结婚后，已甚少到酒吧喝酒消磨时光了，即使有机会去，他的太太总是义不容辞地陪伴左右，生怕他万一喝醉了，不懂得回家。如是者，阿 K 每次到酒吧的目的都是纯喝酒，没有胡思乱想，一杯起两杯止，偶尔遇见心仪的目标，也只能跟她们来一个眼神接触，便没有下文。所以今次 Jacky 生日，他决定豁出去，不醉不归。

星期六那个晚上，阿 K 来到皇朝的酒吧参加 Jacky 的生日派对，甫进场，Jacky 已经烂醉如泥。他心里嘀咕，Jacky 已经算是中学同学中最好酒量的一个了，为何还未到十二点，他已经像在沙场上大战三百回合般败下阵来，而四周的战士们，也不见得英勇，大部分都显得士气低沉。无他的，Jacky 任职赌场，身边美女如云，阿 K 说他在如此昏暗的环境下，仍能发现不少模特儿身材般的少女，心情一时兴奋到忘记了自己的身份。

但这时阿 K 突然冷静下来，心想像他这种有妻儿的男人，又如何吸引女性呢？这可能是一门高深的学问啊。阿 K 一直以为，像他这种在写字楼混了十多年，平日不嗜运动，三十出头又有深度近视，身材近乎发福，头发几乎秃光的中坑，不令这些少女倒胃口，已经算幸运了。可是，正当他自卑心发作，准备拔腿逃走之际，一个样子姣好的女子拖着他的手，着他一起玩大话骰，听他说，那个少女好像叫阿 Yan。很快地，阿 K 就融入了他们的派对中，玩得不亦乐乎，而醉醺醺的主角也慢慢地清醒过来。

阿 K 在新桥安记一边喝啤酒一边吃着牛春河告诉我，他那晚玩到凌晨五点，几乎忘记了回家，因为他发现周遭如他般，挺着大肚腩的中坑，其实挺有市场的。我以羡慕的眼光和应他，你真爽歪歪！接着他又说，跟一个个妙龄女子喝酒，聊天，拥抱，这种感觉太爽了。他又领悟到，酒醉中的男男女女，心里真正需要的人，其实并不是什么帅哥或美女，而是一个可以填补他们无尽空虚、寂寞，给予他们慰藉的人。

黑心的我，看着阿 K 有点醉意，顺势追问他那晚有没有跟阿 Yan 进一步交往？他嘿嘿笑了一声，说当晚主角兼得奖者是 Jacky，他只是当了一丛绿叶中的其中一片而已。

骗子永远是骗子

真的不能轻易相信亚视，就像不能轻易相信赌徒、瘾君子，赌的快感、酒和毒品的瘾，促成亚视高层那种假、大、空话，为的只是骗你相信，然后让你乖乖提供金钱，傻傻地予以信任。

亚洲电视终于冲出亚洲了，那个亚洲是离地的亚洲。关台前说好的最后一分钟有亮点，结果什么都没有。这样一想，都不知道听过他们说多少次会有新投资者、会有新的冲击、会有新的思维和动力复兴电视台，然后都没有、从来都没有。然后，你再想想那个亚洲卫星电视台的美好愿望，那个十亿投资的口术，前车可鉴，估计也是空话居多，到头来又是一坨屎。

毕竟亚视是陪着我们长大的电视台，从原先还有点创意，到今天完全地靠骗，那都是有个过程的。我总是思疑他们也是堕入面向华南沿岸、背靠内地骗局的受害者。接受某些资本的投入，本来就得非常小心。这世界上，跟某些人做生意从来都是被搵笨的居多。北上吃饭，本来就得要提防拐子佬、迷晕帮和撞车党，一旦到了称兄道弟般认亲认戚，你就应该知道大家其实并不很熟。一家香港半死的电视台，给你投资并不是打算复兴什么，再多也不过想借借香港电视台的名气，在内地招摇撞骗。结果骗多了，连亚视的名字本身都成了骗子的代名词，形象没有了，电视台是迟早会玩完的。四月一日悲剧性地结束了香港媒体史上最光辉也是最黑暗的一幕。亚视之死，其实或多或少都有点香港已死的意味。香港优势，回归十多年，就被人利用光了，可以折埋了。

亚视熄灯以后，有些公司负责人还推说原本真的有关台前一分钟的感谢卡，可是由于内容没有获电讯局通过，所以最后只能无奈以突然熄机的方式结束，还说什么做电视台有很多无奈和掣肘。

这又是一大骗局。如果不是，那么亚视之死，则肯定和这些高层死蠢不会变通有关。好好的一分钟感谢，你却用来卖广告，没有获得当局通过也很正常吧。最后一秒还想着抽水，脑袋不是有毛病吗？原方案被否决，难道就没有其他变通和 B 计划吗？那么大的公司，连一分钟的告别也做不好，就算给他们十亿八亿，估计也不过像倒入咸水海。明日的卫星亚视，无论去到天涯海角，假若没有换掉骗子思维和傻子领导，估计也是死路一条，永远的死路一条。

最坏的年代

近日，台北四岁女童在街上惨遭割颈身亡，女孩父母看到自己亲生骨肉前一分钟还笑语盈盈骑着滑步车玩耍，想不到一不留神的电光石火间，刀光一闪，他们已经天人相隔了。这起人间惨剧虽然发生在台湾，但为人父母者，自是有着强烈的感同身受。他们纷纷在脸书上哀悼一番，希望女孩父母能够尽快忘记悲伤，走出阴霾。

虽说这宗割颈案发生在台北，但并不是说远在澳门的父母可以掉以轻心，因为同类型事情，也有可能在本地上演。不是吓你们，十多年前的"9·11"事件发生后，有谁想到消灭了一小撮恐怖分子，春风吹又生，冒起新的恐怖分子，十多年后突袭巴黎，造成多人伤亡。我想，小城是一座赌城，也是一个龙蛇混杂的江湖，而且近年赌收下滑，由经济不景气造成的社会问题层出不穷，如果政府漠视生活艰难的大众，分分钟会跑出几个变态来，到时无论大人抑或小孩，人身安全都会受到威胁。

前阵子，与孩子到赌场内的商场办年货，由于挨年近晚，从内地涌来的游客多不胜数，把原本不太宽阔的购物街迫得水泄不通，我一边拖着孩子的手，一边叮咛他不要乱跑，万一失散了就回不到家。小小年纪的儿子胆识过人，竟云淡风轻地跟我说："澳门咁小，未必有事的。"听到他说出这番话，我很高兴，觉得澳门的教育很成功，把我的儿子教得那么勇敢，但同时又让人觉得他太淡定了，没有安全意识，很容易闯出祸来。正当我思考该怎样教育儿子时，发现不远处有一小女孩正在哭泣着。

那小孩伫立在广场中央，即使号啕大哭，也引不起行色匆匆的途人注意，她四处张望，很明显是跟父母走失了。我拖着儿子赴前问她有什么需要帮忙，也借此向他们说教：不要以为现在到你经常去的拱北广场里，没有了那些断手断脚的儿童出没，就代表天下太平，其实现在是一个最坏的年代，因为躲在你身后的，不是那些面目可憎的拐子佬，而是丧心病狂的杀人变态，所以你们都不要乱跑，如果遇害了，就不能穿新衫吃糖果过新年啦。

关于写作，我说的其实是……

关于写作，我说的其实是，如果你想写，只要失过恋，几乎都能写出佳作来，千万不要把写作看成一件难过登天的事。我这样说，你一定会觉得身为专栏作家、诗人的我夸夸而谈，说些不切实际的话。但如果是日本著名小说家村上春树说的话，我想，大家都应该比较容易相信吧。

的确如此，村上春树在新著《身为职业小说家》中谈到写作是怎么一回事时，就向初学写作的人强调，只要你手上有圆珠笔和笔记本，而且多少有说故事能力的话，即使没有读过中文系，平日没有受过什么训练，多少也能写出文章来。

其实，我早于大学时代的写作堂上，也曾听过老师说过相类似的一番话，大概就是说："作家是不需要培养的，只要失恋够多，够痛，每天充满负能量，完全不需要任何训练，就可以成为作家了。"难怪念大一时，看到文学杂志上的新秀作家身影，全是那个写作班老师的高足（我的师兄师姐们），他们男的有着徐志摩的气质，女的穿得像张爱玲，令毫无文青气质的我羡慕不已。

那个时候，对于老师所说的话将信将疑，在回家的路上不断思考写作的问题：不多写怎样能够炼句？不多看作品怎样能够积累素材？灵感这东西，不会贸贸然跑出来吧。加上身边的画家、音乐家朋友，他们要出道，就必须从小历经长年的苦练，对专门的知识与技巧有一定的掌握，还需要在比赛失误中学习成长，绝对不像写作老师说的那么简单，写作只需失过恋，便可以掌握到秘诀。

写作，真的是如此简单吗？谁都能写？我不相信！

正因为对写作产生怀疑，我真的尝试跟要好的女友分手了。

那天是四月一日，我独个儿从斜坡跑回课室，天空突然下着牛毛细雨，看着伞里的一对恋人与我擦身而过，我就哭了，即使午后雨过天晴阳光灿烂，我的内心仍忧郁到极点。

就这样，我怀着忧伤的心情过了一星期，有一天突然心血来潮，写了一首诗《初稿的死亡》投到报馆去，结果给刊登出来，得到一份丰厚的稿酬。自从那次投稿成功，我发觉原来世间真的有不需要任何技巧的行业，可以揾到食（千禧年时的稿费，足够一个大学生扮中产）！当然，我知道单靠写诗是挣不到更多的钱，我开始尝试写散文与小说，参加征文比赛，希望能够成为文学多面手，然而，有一天我察觉自己写出来的东西每况愈下。

为了找出原因，我又报读了写作老师的文学理论课了。他在第一堂课就说："写作，需要日复日地对周遭微小的事情做出观察，必要时，更需要把自己的灵魂代入万物之中，思考人类置身于宇宙的价值。"那时，我才顿然觉醒，原来自己一直被老师骗了……写作，怎会这么容易？偶尔写出一两篇佳作，是情之所至，若要继续写下去，成为一个活跃的职业作家，则另当别论了。为了成为职业作家，我开始下苦功，除了如饥似渴地拜读中外名家作品外，更一知半解地苦读各种西方理论，并学习各种各样的技巧，提升写作水平。

关于写作，我说的其实是，今夜偶尔读到了村上春树的《身为职业小说家》，看到他细说写作的点滴，让我忆起了写作班的陈老师。如果没有他这位引路人，我想，我一定在这个有着各行各业的大千世界里，错过了作家这个美好职业。

重返板樟堂

曾几何时，极度迷恋街头拍摄的我，每天放工后都会独个儿跑到板樟堂一带拍摄。或许你很好奇，澳门有这么多具特色的地方，怎么偏偏情迷于此？主要原因是，只要你穿梭于旧城区错综复杂的巷弄间，便会忆起昔日小城的往事。

其实，在还未接触日本摄影大师荒木经惟的作品之前，我对于街头拍摄的认识，只限于"行过路过影张相"到此一游的概念。后来，在书店里看到一本包装精美的摄影随笔《漫步东京》，顿时被作者荒木经惟的话启发了小宇宙，彻底改变了自己的创作观。

"只要继续前进，就会有邂逅，就能与他人的人生交错，而从那瞬间的交会之际，又将萌生爱。所以走在街道上，就是走在人心上，多么令人期待呀！"我的心完全被荒木的文字融化了！

慢慢地行走，慢慢地观察，原来一花一草自有它们的缘起缘灭，原来一砖一瓦、一门一窗，都凝聚着小城历史的痕迹，不需试图表达什么，天地自会知道它们存在的价值。所谓摄影的最高境界，不就是用眼用脚去散步吗？你总能在迷失的天地间，透过行走找到事情的真相，透过观察找到自己的焦点。

今夜下着微雨，我一个人回到这个与无尽少男少女擦身而过的街头。虽然，这里的白天已沦为内地旅客的"湿平"广场，夜晚又变成东南亚人的休憩区……可是，只要宁静的小巷还有野猫出没，只要摇曳的老树还会在地上留下斑驳光影，那么板樟堂依旧是板樟堂，我一定能在这里遇见平民百姓各式各样的幸福生活影像。

板樟堂区，是我们成长中难以忘怀的地方。不知道今晚在这里溜达，又将与什么样的人邂逅呢？

卷二 迷雾惊魂

文学专题，别认真

只要有爱情，人人都是文学家，我是这条金科玉律的忠实信徒。

大学生涯最后二年，我一直铭记教授这句话，做了人生中最疯狂的事，就是翘遍所有的课，每天跑到图书馆里专心阅读名家的作品，钻研不同的写作技巧。在阳光最是明媚的最后校园岁月里，我开始试着与诗对话，学习歌唱四季，写下最甜的俳句，和记下最美好的回忆，可惜襄王有心神女无梦，这段发展了一年多的爱情故事，终究没有开花结果。从那刻开始，我变成另外一个人，疯狂变态地爱上了那种锥心刺骨的失恋感觉，万劫不复。

"只有失恋，才可以让人成为文学家啊！教授！"这是我大学毕业时写给教授的一封信，连同那篇写得烂到不行的毕业论文，一起邮寄了出去。最后我竟以 A$^+$ 的优等成绩顺利毕业，实是匪夷所思。有此成绩，到底是那封信写得好，还是那篇论文其实不烂？教授没说，我也没有追问，犹如我的大学爱情故事——没有答案，才能让人终生念念不忘。

想不到以后我真的成了诗人，可是写下大量的爱情诗句，却从没令到追过的女孩动情，真是倒霉极了。今天我的妻子是个时尚达人，闲暇时只会留意日韩时装潮流资讯，从不对我的文字感冒，纵使我著作丰盛，她都不曾翻过一篇半页，有时，真的觉得她很绝情。每每失落之时，我便想起澳门文坛神雕侠侣寂然与梁淑淇的一段美好姻缘，心知"此曲只应天上有，人间能得几回闻"，这是一个不知多少辈子修来的福气，羡煞旁人。我等凡夫俗子，只有吃酸葡萄的份儿了。

上个月，陆奥为了妻子写了一首诗《慰妻的行板》参加一本文学杂志专题征稿活动，我也应他的邀请写了这篇文章去凑热闹，结果我们双双落选，最后他深深不忿地把诗投到文学副刊《镜海》去，我则把文章留给了网络媒体 RECAP853。

信赖

　　吃过汤圆，逛过元宵灯会后，心想春天已经来了，故此自以为是地将之前的御寒衣物逐一清洗干净，并打包锁进衣柜留待明冬再用。就在那天上午，朋友在脸书上转来了周五寒流再袭小城的消息，结果这堆刚"退伍"的衣物，似乎又要上场作战了。

　　周日走在风和日丽的街上，周边百花争艳，枯树吐新绿，明明是一派初夏的天气，又怎么可能突然转冷呢？从来不信"邪"的我，坚持全副短装出动，在二十度仍然穿着厚衣的人群中穿梭，很是潇洒。结果，那个晚上我就犯感冒了。

　　吃饭时，太太看到我不断用纸巾擦鼻涕的情景，忍不住调侃我说："还以为自己是十八、二十二呀，学后生扮壮，现在看到你的衰样就好笑了。'说毕即拿了一粒幸福伤风素给我吃，并吩咐我好好休息。不知道是我长期缺乏运动身体变孱弱，还是现在的流感病毒实在太厉害，吃药后不但全不起效，反而让病情变本加厉。

　　全身发热的我，轻轻推醒了酣睡中的太太，着她载我到医院求医，同时也打开卫生局资讯站的手机 APP，查看各间医院的急诊轮候情况。哇，不看还好，一看就傻眼了，仁伯爵医院急诊区三十人，离岛站十八人，镜湖澳门急诊科四十二人，离岛站二十三人……再刷屏更新一次，人数仍旧没变。

　　那刻我才知道，这个 APP 根本是治标不治本。候诊人数少的时候，当然可以说它是便民的好 APP，但当遇上病患众多的时候，它就会败露澳门急诊的症结所在——供不应求。

所以，生活在澳门的人，注意健康最为紧要。因为，要见医生一面，排队三四个钟头是等闲事。那天晚上，我无从选择，只好随意了一所医院就诊，从夜晚十点等待至凌晨两点多。在漫长的等待中，我不知不觉间在太太肩膀睡着了。醒来后，还在候诊的我，精神已恢复了不少。这时太太就跟我说："乍暖还寒的天气最容易令人生病，看你以后还敢不敢不添加衣服。"

经一事长一智。下周寒流再来时，我宁愿信赖自己的贴身防寒衣物，也不再信赖小城的急诊服务了。

扫兴

新春期间朋友跟老婆一起到韩国旅行，回来后和我们茶叙，分享旅程点滴。由于自己曾有过到韩国的经历，所以对于那里的人文质素、文化氛围，早已心里有数，总觉得朋友能带着一群小孩到语言不通的国家旅游很不可思议，真心佩服他的勇气和能耐。

回想我跟初恋情人到韩国旅行，过程相当惨烈。那时，我们都是初出茅庐的社会新鲜人，为了拍拖约会，不知道节衣缩食多少日子，才储够了出国的旅费。为了给彼此人生第一个旅程留下美好回忆，我们每周都一起逛书店，在形形色色的旅游指南里搜罗各地名胜资料，将看得特别心动的偷偷用手机拍下来，并留待吃晚餐时一起讨论。当时电视热播《大长今》，追星族纷纷组团到韩国体验穿韩服做泡菜的滋味，旅行社也把握时机，推出不同价钱的行程计划。女友看后念念不忘，终于在某个做完爱的晚上，跟我说她想去首尔散散心。

到首尔旅行，航班没太多选择，大多凌晨出发，女友兴高采烈在飞机上看韩国时尚杂志，我则全程耳鸣，带着惺忪睡眼望着窗外的天空由暗转亮，累得半死也无法入睡。挨了一夜，终于来到首尔的旅馆。当时，我以为能够待在房内梳洗，然后补个眠才出动觅食，怎料战斗力惊人的女友，已经争分夺秒为我安排好第一天的行程。

在首尔搭地铁固然方便，但缺点是地铁站太大，走十多分钟才到月台，心里嘀咕，万一不小心走错出口就麻烦了，结果第一个早上我们就受了教训，来来回回走了几次，我的眼睛几乎撑不开，更不要说那双累到不能再走路的腿了，走过一条又一条街，九弯十八拐的终于到达目的地，什么游玩兴致、食欲尽数全消。

我们行程第一站是鹭梁津，首尔著名的整容区，当时的我完全没法相信眼前的景象是真实的，总以为是过度瞌睡而产生的幻觉。那里的街巷寂静，召唤女孩的整容所，全都散布在一幢幢矮房的楼上。女友马不停蹄地走访各家店铺，也细心地端详各种成品呈现的效果。那时我心里很不是味儿，因为开始肚子饿，而且感觉自己是被骗来韩国，便气冲冲跑到女友面前说，早知你是来整容，我就不和你来了⋯⋯

说到这里，朋友的太太忽然打断我的话，说要去洗手间。正当我想继续说下去时，朋友立即小声跟我说："我太太刚从韩国整容回来，拜托，新年不要说这些扫兴话了。"

结局

一、妈妈的亚视记忆

陪伴我们度过不少岁月的亚视，将于四月一日正式结业，从此以后，那个醒目鲜明的台徽，将永远消失于电视机上。大年初二晚吃开年饭的时候，听妈妈与姨姨细说当年往事，原来现在那个连新闻报道节目也欠奉的废台，曾经有过辉煌的过去：它曾是全球首个华文电视台，培养出甄子丹和张家辉等当今炙手可热的影帝级人马。其实，任何物种有开始便会有终结的一天，只是现在亚视以这种荒诞的闹剧方式，结束经营半个世纪的影视王国，令人觉得有点儿难看。无论今天亚视如何不争气，它始终带给了我们一段难忘的记忆，妈妈这样说着说着，就眼泛泪光了，我想，她一定又想起了我那个嗜酒如命、八十年代曾在亚视（丽的）做临记的舅父了。

舅父自小便一个人离开家乡到外地闯荡，希望可以赚点钱供养妹妹们念书，好不容易才托亲戚收留到了香港。当时香港百物腾贵，居住环境拥挤，普通市民的生活颇艰苦，特别是我舅父那种目不识丁的新移民，要在这个国际大都会找工作谈何容易。幸好亲戚有个朋友在电视台做杂工，见舅父眉清目秀，便问他有没有兴趣到电视台做跑龙套。舅父为了乡下的妹妹，狗急跳墙，什么戏种、什么危险动作的替身都愿意接、都愿意演。

当年在乡村生活的妈妈，每年最期待的日子就是农历新年，因为那时候舅父会带着许多时髦的物品回来送给她们。就在那时候开始，妈妈对于香港这座城市有了初步的印象，因为舅父每次回来，都会跟妹妹们说起拍戏的点滴，滔滔不绝地说个不停。妈妈当时一定以为，她的哥哥喜欢做戏，才离开她们到香港发展。

二、舅父的年轻身影

舅父说，他当年任职的电视台（丽的时代）制作的剧集《大地恩情》如何令死敌无线电视的《轮流转》《龙虎双霸天》等被逼腰斩呀，《天蚕变》的主题曲《再与天比高》怎样唱至街知巷闻呀，还有扮演武则天的冯宝宝在当时如何颠倒众生，拜倒在她石榴裙下的男星多不胜数。这些大明星们的生活趣事和绯闻，妈妈听得津津有味，甚至她当时有那么一个错觉，自己的哥哥或许在东方之珠，已是一个鲜有名气的明星。

其后，亚视多次易手易名，做出过不少的改革，但总没有得到幸运之神眷恋，自家制作的剧集与节目，长期收视不理想，虽然曾购入台湾的《还珠格格》，引起一时轰动，但这股热潮只维持了一段短时间，并没有为命运多舛的电视台带来小阳春。有好剧本，但没有观众缘，电视台就不敢贸贸然开拍新剧了。当上了演员的舅父，也必须面临失业的问题。

人生如戏，戏如人生，有谁会料到曾经在香港做电视台临记的舅父，可以靠多劳多得的血汗钱，供养乡下两个妹妹顺利高中毕业，还节衣缩食储了一笔钱，购买了昂贵的电视机送给她们做毕业礼物，让她们看看中国最前卫的都市人都在做些什么、谈论些什么，从而开阔了眼界，不用再做井底之蛙。九十年代之后，亚视剧集质量下降，收视率长期低落，稍有名气的演员也纷纷跳槽到另一电视台寻找新发展。而舅父却非常念旧，不离不弃，跟倒霉电视台的命运紧紧连在一起，从此一沉不起。由于舅父早年拍戏过惯了声色犬马的生活，长期酗酒导致病变，最后醉死街头，在内地生活的妻儿，最终也没法见到他最后一面。

妈妈说，还有两个月亚视便结业，今年春节想起舅父时分外悲哀，因为她知道以后不能再在电视的重播剧集中，偶尔看到舅父年轻时的身影了。

兼职

下班回家，甫进家门，鞋还未脱，便得匆匆忙忙再出门，赶到另一地方去"兼职"。请大家别误会，我并非体力惊人，经济也不是特别拮据，需要打两份工糊口。而是作为父亲的我，不得不做好这份兼职，带经常生病的孩子去医院就诊。

抱着面色青白的孩子一边到停车场取车，一边拨电话给孩子妈妈，话音刚落，又要迅速登入澳门卫生局资讯站 APP，了解各所医院的急诊情况，然后找出最少人应诊的那所，按照自己平日的行车经验，避过塞车路段，极速抵达目的地。

"唔该，唔该，让开，十万火急！"

坐在医院候诊的人，看到我这张僵硬的紧张表情，开始议论纷纷：是不是那小孩趁父母不在家时，误把避孕套当作口香糖全部吞吃？是不是那小孩看英雄电影太过投入，模仿蜘蛛侠从十几楼跳了下来？当护士在分流站说出那个孩子只是发高烧而已，其他人的讨论才渐渐归于平静。

于是，我的第二部分工作也正式开始了。首先，为高烧的孩子进行物理降温，把护士给予的冰袋，小心翼翼地敷于他的额头或腋下。这项工作看似容易实则很难，由于冰袋的冷与体温的热，很容易给孩子造成忽冷忽热的感觉，好不难受。这时，我什么也不能做，只能播放手机里他平日喜欢听的音乐，为他打打气。

不断重复敷冰块、换冰块、喂水、拥抱的动作，一直坚持到见医生为止。然而，在医生诊症时，我还不能松懈下来，得像小丑般扮演各种动物的叫声，分散小孩的注意力，好让他顺利进行各种检查。

待至孩子妈妈来到医院时，小孩已经退烧呼呼大睡了，我也趁机歇息一会儿。别以为工作就此结束，接下来，便是回家后的悉心照顾了。我们唯恐高烧卷土重来，只好听从医生吩咐，定时给孩子喂药、测体温，喂药、测体温……

天寒地冰，冬雨霏霏，唉，又是一个加班夜。

翻版幸福来电

今夜天降倾盆大雨，本想拿大卫宝儿的最后一张专辑 *Blackstar* 出来缅怀一番，怎知道电话突然响起，低落的情绪被冷漠的手机铃声嘈得更加低落。天啊，都凌晨十二点了，还有谁不知好歹打电话来，不怕我把他骂死吗？匆匆跑去客厅找手机途中心里嘀咕，如果是保险经纪打来，我必定破口大骂他一顿然后说句多谢，怕就怕不是这些无聊人，而是医院护士拨来的紧急通知。这几年间，夜里不时传来噩耗，以致我很害怕凌晨接长响的电话。

CICI——电话屏幕显示了这个陌生人的名字，我的脑袋转动了片刻，也想不起她的具体形象，到底她是什么人呢？我很害怕应酬这些与我生活无关的人。不知道别人的朋友圈怎么样，但我的朋友圈却很奇异。我的脑袋每到一段日子，便会自动删除某些与自己生活无关的人，只留下最重要的那几个，所以我的记忆里只有喜欢写作的陆奥雷、太皮、袁绍珊等人，如做钱财管理工作的小曦，就常常被我遗忘掉。这样说起来，突然觉得小曦很可怜。

电话仍然在响，我没有犹豫地接听了。

"为什么你们这些男人总喜欢玩弄女人的感情？我跟你生活了五年，还为你照顾小孩，你竟然背着我在外面偷腥……"我暗想，《幸福来电》情节？我说："小姐，你打错电话了。请不要乱用《幸福来电》的老土桥段，一点也不好玩，而且我不会因为你失恋而同情你，请自重！"当她的哭声划破悲哀的夜晚，当她再三强调自己是我认识的 CICI 时，我才想起她是我大学时代一起修读英文班的同学，因为当时我曾抄写过一段文字送她，让她今夜突然想起我。

整整的一生是多么地、多么地长啊／纵有某种诅咒久久停在／竖笛和低箫们那里／而从朝至暮念着他，惦着他是多么的美丽／想着，生活着，偶尔也微笑着／既不快活也不不快活／有一些什么在你头上飞翔／或许／从没一些什么

——痖弦

就这样，我跟她聊到清晨五点，但大部分时间都是我在安慰她，挂线时我低声告诉了她一件事："我的编辑梦已经实现了，现在是澳门笔会文学杂志的主编之一，希望你能够化悲伤为力量，写些失恋文章投稿来支持我们，也希望你能借此抒发情绪，找到心灵的出口。" CICI 泪中带笑地恭喜我逐梦成功，但她却不知道，当年她的梦想——专访诗人痖弦与张桥桥的爱情故事，其实早已经被人拍在了《他们在岛屿写作 2》里。

分享

　　在第二个孩子尚未出世之前，太太经常跟孩子说，有好的东西，记住要跟别人分享，特别是将来的亲弟弟。那时刚满三岁的儿子笑嘻嘻对妈妈说好好好，还说会好好疼爱弟弟。结果今天我们看到的画面是，已为哥哥的他没有兑现承诺，有时更为了争宠，用玩具袭击比他幼小的弟弟。

　　太太看到这情形，常常为弟弟抱不平，骂哥哥没有遵守信誓旦旦的承诺，还责怪他没尽哥哥本分。每到夜阑人静，太太都跟我分享日间家里发生的一切。我安慰她不要过分劳气，孩子成长需要时间，谁不是在打打骂骂中成熟过来？更何况分享这回事，只能当作童话故事说说，始终无法成为真实。太太听后大动肝火，说我讲的是歪理，又说我作家病发作，只会在她烦恼时烹调"心灵鸡汤"，治疗她的养儿忧郁，没有多尽父亲的责任。

　　我没跟太太继续争辩下去，因为这是没有结果的辩论赛。我一个人退回书房看书，可是之前跟太太争议的话题一直萦绕心头，难道跟别人"分享"，不是天方夜谭吗？我想，大部分男人都不会跟别人分享自己的女人吧？富贵人家不会跟花子分享家财吧？历代的帝皇将相，也不会跟平民百姓分享江山与权力吧？按照这种思路思索下去，便得出了一个结论：人类根本不懂得博爱。但是为何现在的人常常说分享呢？

　　这可能是受到了社交网站的洗脑吧！像羊群心理一样，吃了什么东西，去了哪里旅行，穿过什么牌子的衣服，跟某名人合过照，交了多少个男友，也要用照片的形式跟人分享。然而，他们不懂他们大方分享的是虚无，自己真正拥有的东西，又有谁会不吝啬与人分享？大人不行，小孩子更加不行！

太太为了育儿的事忙得不可开交，我亦因在家里的时间太少，无法跟她直接分享一些体会与感受，唯有写下这篇文章发表，让她知道，分享到底是怎么一回事。

幸福来电

2013 年某个晚上，我为了编辑出版《澳门作家访问录 2》而找陆奥雷宵夜，希望吃着生蚝高兴的时候能想到一些爆的点子，用来宣传这部新书。初时，我们想到了曾经威震一时的港片《富贵迫人》（九十年代，人人都喜欢富贵），那么现今呢？应该是幸福吧？有了幸福的想法后，有天我们在中央公园球场打波，逐步确定了拍《幸福来电》微电影的事。

确定了拍摄《幸福来电》计划之后，我们兵分二路实践这个不可能完成的任务。尽管我们早有拍摄《出走》《澳门文学地图（1、2）》等短片的经验，但说到真正的电影拍摄，我们显然是初哥，得找一个跟我们作品同质的人来拍才行。于是，我们放下手头上的工作，到处招兵买马。陆奥雷负责撰写幸福来电的小说文本，我则负责找寻拍摄电影的团队。

因为文学的缘故，我们在 2015 年遇见了澳门新晋导演陈雅莉，结果一拍即合。经过一星期的筹划、改编工作后，《幸福来电》微电影总算有了一个雏形。记得那时，雅莉北京澳门两地走，很是辛苦，但每次坐到我的咖啡时光里面，听她说着有关《幸福来电》的种种疯狂想法，我觉得这个夏天，一切都值得了。

为了还原《幸福来电》里的一些重要情节，我们依照导演的狂想，花了不少唇舌，才成功邀请到鲁茂、周桐、冬春轩及凌棱等前辈作家，出演微电影中的部分角色。特别是怕羞的冬春轩和深居简出的凌棱，原以为他们会拒绝，想不到他们会比其他人更快答应。加上林玉凤、李尔、李展鹏及陆奥雷的加盟，老中青三代作家阵容梦幻登上荧幕，这个画面，是我们之前没想象过的文学形象。

在微电影首映以后，许多人问我，这种文学加影像、音乐的创作，不会喧宾夺主，削弱文学的光彩吗？我觉得，文学俨如我城的旧区，尽管充满人情味，但就是吸引不了旅客到里面游历，继而带动经济发展。澳门文学的发展，必须结合不同的艺术元素，才可以完全绽放它原本的光芒，而微电影，只是众多展示方法中，我们选中的一种。

今天，我写这篇文章，也是宣传澳门文学、澳门电影的其中一种。

暑假知富贫

八月暑假将至，家长正苦恼于为孩子安排暑期活动，弄致心力交瘁。若果学校有夏令班，可算为家长减轻了一半压力，否则两个月长假期，没有妥善安排节目，孩子的宝贵光阴便会白白溜走。当然，对于闲着没事干，又或早已于股市爆破之前有所斩获的家长来说，就另当别论了。他们普遍认为，孩子经过整整一学年的紧张学习生活，就该让他们去旅行几趟，好好调整身心，迎接新学年的挑战，实际上，是家长想借此机会打发一下无聊时光。然而，在双职家庭里，就没有这支歌唱了。那么，他们会如何安排孩子的假期生活呢？

就如平日在报章上看到的报道一样，怪兽家长绝对不会放过孩子的任何一分一秒，不是报读这课程就是报读那课程，目的除了是不想他们输在起跑线，其实更大的因由是，希望在这段不用上学的日子，仍然可以找到安心的托儿服务。君不见形形色色的暑期活动班，到最后还是出现僧多粥少、供不应求的局面。无他的，父母工作没余暇照料孩子，就只好利用课程，把他们的假期填满，毕竟现在已经不是从前放暑假有乡下可回的年代了。

随着城市发展，珠三角一带的乡村几乎消失殆尽，如果想找回从前蜻蜓漫天飞舞，草丛跳蜢带路，赤着脚板与小狗满山跑，到夕阳西照时爷嬷叫回家吃饭的日子，简直是痴人说梦话。既然已经没有回家乡度暑这个后盾了，那把孩子带到什么什么的学习班，便是唯一的选择了。

俗语说一叶知秋，现今社会的阶级贫富，何尝不是一个暑假便知晓。富家子弟，放暑假就是放暑假，到处吃喝玩乐；平民子弟，放暑假就是拚学习，冀终有一天改变命运，或者做暑期工，以解生活的燃眉之急。

放暑假的种种，尽管年代不同，但情况都是一样的。

他的沙漏爱情

　　摄影展布置完毕后，他回到一个人的家里，躺在沙发上，即使身体动弹不得，但脑袋仍然不断想象着向女友求婚的画面。

　　翌日早上醒来，他如常到平日光顾的茶餐厅吃早餐，同样点了菠萝油，同样坐在近街的位置。"她会接受我吗？如果不接受，我该怎么办？求婚，一生人一次，总得想个一击即中的办法才行。"咖啡还没喝完，他便站起来，一个人漫无目的地行走在沙尘滚滚的高士德，为下月求婚之事自言自语、忐忑不安。

　　下月十五号，是她的二十七岁生日。记得十七岁那年，他们因各种原因没有在一起，她为了梦想，毅然到了台湾升学，而他则留在澳门发展。在台北生活的十年里，她实现了梦想，成为一名出色的舞者，而且裙下之臣，多如繁星。后来，她从医生的来电得知，留在澳门含辛茹苦地供她念书的母亲，因长期熬夜工作，积劳成疾，必须休养一段时间才能康复。获悉此事的她崩溃了，立马放下一切赶回澳门。为了这个家，她更放下艺术家的光环，潜匿在荷兰园二马路一间小小的咖啡店内工作。

　　这几天，他中学同学陈雅莉的电影《沙漏爱情》正在赶拍摄，由于是讲述一个澳门摄影师的爱情故事，她很快就想起了中学时代已是业余摄影师的他。距离他求婚的最后十五天，陈雅莉来到他的工作室，与他谈天说地，茶还未凉，天还没暗，便相中了其中一幅少女在街头起舞的照片，作为电影中的摄影展览道具。对于突然出现的陈同学，他受宠若惊，也许曾是知己，他羞答答地向陈同学请教，怎样求婚才最浪漫、最成功。

陈同学说，只要你不错过她爱你、你爱她的 timing，就是最好的求婚时机。而且，你又是澳门最好的摄影师，不如你来我空置的旧屋求婚吧，那里能看到烟花，再用你跟她最好的回忆冲成正片，挂满天台，配合烟火灿烂的夜空，什么女孩都会甜上心头。

他，最后按照陈同学的方法，在昨夜烟花特别灿烂的大三巴下的平民小屋内求婚成功。我，亲眼见证了，杨博允与向晴，一粒一粒累积下来。如沙漏回忆般的爱情故事。

迷雾惊魂

　　早前浓雾笼罩澳门，海空交通受到影响，每晚放工回家途经友谊大桥，看到车窗外平日霓虹璀璨的赌场区突然消失，就感到自己好像当上了穿越剧的主角，回到九十年代的小城。我也曾经像那天一样，一边开车一边听着张国荣的《春夏秋冬》，然后望着白茫茫一片的马路，百感交集。

　　说起来，一年之中，大雾天气不是时常有，往往只发生于暮春三四月间。这样的三数天大雾天气，犹如过街老鼠，不甚讨人欢喜。特别是女士，到处湿漉漉的感觉，很易把她们的忧郁情绪引爆。当然，对于摄影发烧友来说则另当别论。在这几天里，影友呼朋引伴，抬着大大小小的摄影器材，游走于历史城区和海傍，站在平凡不过的位置、配合和平日不一样的天气，就能拍摄出小城若隐若现之美。他们把照片发布到脸书上，不消几分钟，便迎来一堆看过照片的朋友的留言，大多都认为披上面纱后的澳门，看起来好像顺眼得多了……

　　在那个充满诗意的雾夜，我又在陆奥家中吃宵夜、煲电影了。曲终人散后，我独个儿驾车回家，在忽明忽暗的行驶途上，脑海不断重复出现一个画面：浓雾中，有一只食人怪物跑出来。都说夜晚不宜看恐怖电影，特别是在浓雾夜看惊悚大师史提芬京的作品，可是我的朋友最近就是迷上了他，开口闭口都是要人命的故事。那晚看完《迷雾惊魂》，我的心情久久不能平伏，真想对住电视机痛骂导演法兰克·戴拉邦，怎么可以如此残忍地对待那位勇敢的主角。在我旁边的陆奥说:"男主角应该像毒雾刚来袭时在超市的那位大妈那样,为了家中的儿子早早做出决定,而不是摇摆不定地留在原地。这样的结局,完全是他活该。"

听完这番话,我欲言又止。是的,如果主角像陆奥所说那样,毫无迟疑做出决定,那么就不会出现片中车子不能走出茫茫大雾的困境。那么,他的同车伙伴和儿子,就不会被主角亲手杀掉了。我一边开着车,一边思考着片中所带出的环保、宗教问题,小城也有这些问题吗?就在我陷入沉思之际,浓雾已经在不知不觉间把我和车子吞噬,我仿佛就在"它"的口中,正等待着被那锋利的牙齿撕裂成一道血肉模糊的风景。

梦中书写

"还有最后一句才可以为这个故事画上句号，请闹钟不要嘈吵，让我多睡一会儿，不然之前用心经营的细节，便会在眼睛张开的一瞬间，魂飞魄散。"某位作家曾经跟我说，他就是透过梦中书写得到写作素材，写出许多优秀的小说作品。我想大部分写作人都曾有过这样的梦中书写经历吧。但是，能够把梦中的情景搬字过纸到现实书写中，应该不是一件容易事吧。毕竟梦中所见的事情，都会在睡醒之后消失殆尽，任你再努力回忆，也无补于事。

不知道平日是否聆听这位作家诉说太多梦中书写的缘故，突然有一个晚上，我真的在梦境中当了一回作家，在半睡半醒中，书写了一个荒诞的故事：我在牧羊巷的路上遇到了一只生蚤的狗，漫无目的地游荡着，似在寻找食物，又似在寻找交配对象，我无视它，匆匆擦身而过。可是没多久，那只生蚤的狗便跟上来了，原来它找寻的不是食物，也不是同伴，而是它迷路了，需要我带它离开这里。

没想到，我就这样跟这只生蚤的狗结成伙伴，一起上路。但是，原本差不多可走出牧羊巷的我，竟然因为与这只狗同行后，也迷路了。在短短的一条巷，我们不断走回原点，怎么也离不开。我开始感到困惑了，为什么拥有灵活鼻子的狗也辨别不了方向？为什么这条平日闭着眼也懂走的小巷，把我困着三四个小时？是否从我遇到这只生蚤的狗后，就中了魔咒？于是，我开始幻想这只生蚤的狗会变成全身肌肉腐烂的丧尸狗咬我，又或变成一只苍蝇利用复眼看破小巷的迷阵，舍我而去。我总在困难之中，猜忌身边的伙伴会为利益，为生存，出卖友谊。就在我不时回望它有否异变，准备拿起刀将它杀掉之时，眼前闪耀着一道光。在我还未走出牧羊巷之际，清晨的阳光已经到来，在我准备受害或加害动物之间，已经被闹钟吓醒，满身汗水地坐在床上，喃喃自语：幸好是梦中书写的故事，幸好不是现实的经历。但当冷静下来后，又深深不忿地为这个没有结局的故事感到惋惜。

北上消费

自从人民币升值后，我已经很少北上了，这是其中一个原因，而另一个原因是内地劣质货品多不胜数，聪明人不会以高价钱买山寨货，所以这几年间，除了清明节或者乡下亲属有喜庆事外，我已甚少回内地消费。

曾经有一段日子，澳门人尤其喜欢北上消费，贪图内地的物价便宜，吃喝玩乐，怎花也不觉得是钱。花花世界，行尸走肉，你能够想象到的玩意儿，珠海、坦洲一带的服务场所，都能够满足你的需求。当时，你拿着一千港元，就可以在内地高级消费场所充当土豪，人人当正你是大老板般伺候，让你在真正老板面前受创的弱小心灵，得到一丝慰藉。

怪不得我身边想不到去哪儿约会的情侣，都会相约到拱北去温存一番。原因是珠海可逛的商店特多，女友相中的衣裤鞋袜，男友可以大方出手，送这送那也不觉心痛，加上餐饮便宜，任女友大吃大喝也不过一百元埋单，犹胜于本澳看一场电影和吃一餐普通晚饭。出自幽谷，迁于乔木，懂得享受生活的人，都跑到珠海去了。某些年，珠海真的成为澳门人拍拖的胜地。

随着近年澳门楼市价格不断攀升，以前喜欢到珠海拍拖的澳门年轻人，已经长大成家立室了，他们放弃了等了又等还未能上楼的经屋申请，带着从前北上消费的美好回忆，和初生的孩子投奔到珠海。他们日间到澳门工作，夜间在珠海生活，虽说都是北上消费，但享受模式早已变了模样。

骗子年代

著名作家木心说，这是一个骗子骗骗子的时代，任你怎样日防夜防都无用，医为通街都是骗子，随时都有机会给人骗钱、骗情，甚至骗色。于是，你会发现从大厦的门、家中的保险箱到日常生活用的手机、电脑，都必须设置密码。

随着社会发展，人与人之间的关系越来越复杂，钱赚得越多购物意欲也越来越大，自然需要保护的私隐和收藏品也越来越多。为了不让骗子偷走这些东西，唯一的做法就是设置密码。但是，在设置过程中，又会想到如今歹徒偷取密码的手法层出不穷，要进一步加强防御，只好把密码设得复杂，不再是从前的生日日期、女友三围数字等那么简单，最后这个密码那个密码一个也记不住，全都给忘掉了。相反，骗子却不需记住这些数字，只需使用一些法宝，便能盗取你的所有。

记得互联网开始流行时，上网费每小时十一元，对于初中生的我们来说，这个价钱实在太贵了，完全玩不起。但我们又按捺不住寂寞的心灵，每天都蠢蠢欲动想和网上女孩谈心。穷学生为了得到梦寐以求的上网密码，只好灵活运用课堂外学到的知识。就这样，我跟几个同学锁定了班中那个家境比较好的同学，给他一些带病毒的 H-game（成人游戏），弄到他的电脑出现问题需要向人求助时，我们就伸出援手。

计划进行得非常顺利，某个周六的下午，我们来到同学家里，假装为他的电脑清理病毒，实则是利用特洛伊木马程式入侵他的电脑，在修复其他病毒途中盗取上网密码。然而，在我们得到上网密码的同时，竟意外地获得其他奖品，那就是隐藏的秘密档案——里面收藏了许多他跟女孩做爱的影片。当我们看到这些东西之后，整个身体都硬起来，幸福洒满阴雨的午后。

但是，世事就是这么荒谬，本以为我们做骗子，可以在神不知鬼不觉的情况下盗取同学的上网密码及翻看私片，但万万想不到的是，那些性爱影片中的其中一位女主角，竟是我的女朋友……

这刻，我才明白到任何年代，都是骗子骗骗子的年代。

卷三　阴天快乐

不对的时间，对的人

　　V 君中学毕业后没有工作，没有钱花，女友在外地升学，买不起机票前往陪伴，被人误认为没有生活情趣，结果一年苦恋后，分手收场。这绝对不是电影桥段，而是他的真实经历。如果每个人都有一次逆转的机会，我想就算花掉所有储蓄，也要飞到外地去见女友一面。

　　男人长大了，收入稳定，自然会周身痕，坐着站着都会回忆起陈年往事，而这些往事，大部分都是属于悲伤的。正因为悲伤，才会不断幻想，甚至希望这些残缺的记忆片段，能得到一个圆满的结局。所以，V 君常常假设自己当时有钱有势，能用金钱去扭转悲哀的人生剧本。

　　不知道其他男人是否像他一样，经常背着太太或情人，回忆起以前跟前度女友的交往经过，或做爱的细节，之后再幻想如果当时没有分手，现在大家的生活到底会怎样，会不会比现在过得精彩或者更加一塌糊涂？这个怎么说也说不准，因为大部分男人都是一样的，根本没有勇气去挑战现实，再去追求过去曾待你不薄的情人。

　　之前一直有此幻想而深爱着太太的 V 君，在我的生日派对上结识了一个女孩，彼此瞬间交换过眼神后，就有了触电的感觉。更加令他意外的是，他在她的言行举止间，隐约地看到旧情人的身影。有一段日子，他误以为她就是他的旧情人，昔日的情感汹涌而出，每天晚上都约对方去看电影，散步或喝酒。

听 V 君说这段暧昧的感情维持了一段日子，当中发生了什么事，只有他俩知晓。后来，我常常在酒吧遇见 V 君，他握着酒杯感叹，不对的时间遇上对的人。然后再跟我说，他现在每天上班或跟太太做爱，都会想着那个女孩，幻想女主角就是她，生活乱成一团。听了 V 君这番话后，我突然紧张起来，生怕还未进化成好男人的我，会重蹈 V 君的覆辙。

唯一需要恐惧的事，是恐惧本身

香港填词人周耀辉在其散文集《假如我们什么都不怕》中，将病理学上的恐惧症名称罗列出来，以 A 至 Z 逐一排列，介绍每个字母为首的恐惧症。在这张长长的恐惧症清单中，我赫然发觉，原来我们这个城市，患上恐惧症的病人已经不胜枚举，可以说，大家都活在恐惧之中，但不是人人都肯承认！

罗斯福曾说："我们唯一需要恐惧的事，是恐惧本身。"恐惧是人之本能情绪，没有一个人什么都不怕，正如我们自出娘胎那一刻开始，就已经懂得害怕，所以必须以哭泣声来平复情绪！为何会感到恐惧？这是因为我们对眼前的陌生世界不了解，感到没安全感，但随着时日长大成人，渐渐明白到不断学习新知识，才能克服四面八方扑来的未知恐惧感。

本以为知识这股力量能把心底的恐惧感一直镇压下来，但随着岁月的增长，我们又开始感受到人生变幻无常的喜怒哀乐与生死的纠结，这时才知道恐惧感像我们的心脏一样存在着，只是平日我们没有抚摸它，才不知道它如常跳动着罢了。

苏珊·桑塔格曾在《疾病的隐喻》中说：每个来到这世界的人都握有双重公民身份，既是健康王国的公民，也是疾病王国的公民。桑塔格这句话，如果套进恐惧症中理解，我们生活中存在着两种人：一种是表面恐惧内心更恐惧的人，另一种则是表面装不恐惧但内心恐惧的人。举个例子说，某天房内出现了一只飞天大蟑螂，女生看见了神色惊惧，并告诉身边的男生，快把它打死；而男生听到这句话后，其实心里或多或少都有点恐惧，但却不敢向女生说自己也害怕，于是在无可奈何的情况下，勇敢地把眼前的蟑螂消灭掉。

别装了！我们其实什么都怕，从小至大都怕痛，怕死，怕输，怕无面子，怕坐监。假如有一天我们什么都不恐惧，可能我们已经随着微弱的心跳声一起消失于这个世界了，或者，这个社会真的病了。

"演习"过后

最近，总是在下雨，让我很纳闷。明明早上教育当局宣告因暴雨关系，全澳小学幼稚园停课，可是没过十分钟，又传来停课只属教育当局"演习"的消息，小孩仍需如常上课。搞了一场大龙凤之后，如果你仍要坚持在这种不稳定的天气和不确定交通是否堵塞的情况下外出的话，那你最好先带备雨具，万一赶时间需要弃车而逃，也不至于太狼狈、太凄惨。

从上周开始，小城天气又再变幻莫测，时而寒冷，时而湿润，我的心情像极挂在阳台上久未干透的衣服，湿漉漉的。儿子因"演习"失败，跟我一起留在家中百无聊赖地看电视或玩砌积木游戏。偶尔听到手机不断响起的脸书通知，刷屏一看，才知道我城又出现了新的荒谬事件：停课演习，让家长、学生乃至老师皆人心惶惶。作为新手家长的我，更怕孩子在这样的环境下长大，以后会对这个地方失去归属感。

喝过一杯咖啡后，心神总算平静下来，捧着近日来澳出席澳门文学节的台湾作家吴明益的散文集《家离水边那么近》来读，一时分神，他的文字如窗外纷纷扬扬的雨丝，一行一行地飞进我眼里，我仿佛在字里行间抚摸到他家乡的海洋、江河及沙滩上的湿润温度，以及尝到水的咸味。这样的一本书，对我而言，应该已深深爱上了吧，不然我又怎会有如此这般的幻觉？

正如澳门作家孟京所说，最长的幻觉，也有终结的时候。

当我读到吴明益写的这段文字："作为一个流动的世界，一条河是一面镜子，她反映了两种演化途径，水面上的以及水面下的，来喝水的或是想照见自己灵魂的。"我仿佛整个人也清醒过来了！

在这个喧嚣的小城里，阅读无疑是一面镜子，我们总能够在一页一页的镜面里，照见自己生活的海洋、陆地、宇宙或天空，甚至天堂与地狱，那些过分诗意的情节，总让我们明白到生命不可重来，岁月无情，一切如梦幻泡影。

最长的幻觉，也有终结的时候，但我却不知道那个政府部门的"演习"幻觉何时才结束，将来还会上演吗？这时窗外的阳光射进我的房里，中午时分出现了一道彩虹，儿子在床边大叫起来，雨后的空气飘来海洋的味道，我把放在床头的《家离水边那么近》合上，此刻我想起了海明威的《老人与海》，之后又想起了我的城市，我的家，也离水边那么近。

还记得那片天空

  光影汇是香港迪士尼乐园筹备多年，用 LED 灯来做花车巡游的一项夜间表演节目，一天只演一场，因此特别吸引玩着其他游戏的人特意跑来霸头位观赏。当然我也不例外，早于表演开始前三十分钟，到达现场等待。

  我来迪士尼乐园游玩不下三次，但每次到来，都有一件事让人感到烦恼，那就是游乐设施僧多粥少，难以满足成千上万的旅客需求。特别是一些受欢迎的机动游戏，无论下雨或晴天都挤满了人，你只有顶着冷风和热浪的折磨，等待再等待，才有机会玩上一二分钟。

  那晚，我们为了带孩子看光影汇，一早坐在广场区等待，完全没想到时间会过得如此缓慢，短短的半小时，感觉像待上大半天。在这段空当里，太太与儿子在玩新买回来的玩具消磨时光，而我就很无聊地刷脸书，看看朋友圈有没有新回应，可能是周六的关系吧，平日喜欢洗版的朋友都外出了，一切寂静无声。这时放下手机，东张西望，偶尔仰望天空，才发觉它还是那么辽阔，心里暗想，已经多少年没有这么写意地细看浮云缥缈？

  生活于石屎森林的我们，每天不是赶上班就是赶约会，已把头顶上那片明亮的天空忘记得一干二净，你想在这个受尽光害污染的城市里，过回从前在乡下与爷爷夜观星斗，听吴刚伐桂的故事的简单生活，简直是天方夜谭。幸好，香港迪士尼乐园建于郊野，四周没有高楼大厦阻挡天空的景观，趁着光影汇还未开始之际，我挥手叫太太与儿子，一起抬头观望藏身于夜幕里的害羞小星星。

爱情沙龙

自从有了第一台照相机，自然便想拥有第二台、第三台、第四台……在这十多年间，我所拥有的新款、古老相机已超过十台以上。事实上，男人恋物起来，远远比女人疯狂。

犹记得十年前初接触摄影时，傻兮兮的我拿着相机到处抓拍，什么光圈、快门完全不懂，更遑论多重曝光拍摄法了，只会在自动模式下按快门键，咔嚓一声显影，完全不理会照片的最终成像质素。那时候买相机，跟大部分人一样，需要花掉半个月薪水，为的只是和家人、朋友在一起的生活留个记录，或在旅行途中拍下一些无趣的"到此一游"罢了。后来在 MSN SPACE 中被你"毒"到，从此真正着迷摄影，一发不可收。

为了跟你一起参加摄影班，我拥有了第一台数码相机 CANON A80，这部相机真的不给我面子，还没拍够一千张照片便坏掉了。尽管之前如何努力爱护它，例如平日不用时将它放进防潮箱内，下雨天的日子坚持不携带它外出等等，但到头来都是于事无补，正如我们的爱情，总有一个刻度，时辰一到，任你如何不舍，怎样挽留，都必须缘尽人散，更何况是比情感更脆弱的电子产品。

在这部相机坏掉以后，我的心情低落到一个极点，直到杂志公布了我拍的照片拿了一个摄影赛的优异奖后，才能重新振作起来。那个奖项，让我得到了一笔很不错的奖金，于是我卖掉了那部坏相机，换来了一部全新的单反相机 NIKON D70，继续拍下去。

那段跟你在国华戏院、大庙顶、板樟堂到处夜游乱拍的日子，你教晓了我许多摄影知识，让我明白到拍照不是随便拍一张"到此一游"那么简单，还需要走进人群，接触生活，用心去发掘周边的美好。对，已经十多年了，当时拒绝用数码机拍摄的你，到底有没有把那卷记录我们流连在板樟堂倒数的影像冲晒出来？即使有，我想那必定是很久很久以后的事吧！

又一年了，今夜独自一人来到板樟堂拍摄，你曾经钟爱的倒数场景，如今已搬移到旅游塔或其他地方了。这时，我在大型荧幕上看到司仪高呼"三二一，Happy New Year！"的画面，远处的烟花随即在我头上璀璨地绽放，没有你在的板樟堂，怎么连风景都失去了原有的美丽？

过年

文章刊登之日，已是丙申猴年了。在此，恭祝各位读者新年进步，身体健康，万事如意。若以全年假日来计，中国农历新年算是众多节庆中最受老少欢迎的了，因为老人家可以借着年夜饭与分散各地的儿孙聚首一堂，而小孩与青年，亦可趁着假期来一趟旅行，好好调整身心，为新一年做好准备。

秋水大年初一打电话问我，有什么新年愿望，她这个问题，确实不好回答。长大了以后，我学会了赚钱购买所需，已没有从前日夜祈求上苍保佑的心态了。小时候，我们家里很穷，每逢大年初一，母亲都会着我们去妈阁庙上香跪拜妈祖娘娘，祈求神明保佑我与弟弟学业进步之余，更能让她中六合彩！当时的我年纪尚幼，以为诚心跪拜神佛，坏日子便会过去，就如赌仔在开年赢了发财钱一样，笃信未来一年必定行好运。只是，随着年纪渐长，经历多了，明白到与其奢望一夜暴富，倒不如脚踏实地稳打稳扎做事。因为一切的成功，都必须从实际的作为中求得。

我对秋水说了这番话，她觉得我很悲观，明明今天是喜庆节日，为何又要扯到悲伤里去。其实，若不是她问起我的愿望，我都不会回首过去。不过，这种回想也不是没有意义的，至于让我忆起一件旧日趣事来。

记得有一年大年初三晚，我与邻居的孩童一起到士多铺购买新款烟花、爆竹，之后在小巷与小巷之间燃放，那个年代，电单车与人都不多，我们这群街童，恃着新年期间不用被父母责骂，便到处捣蛋作乱！在一些巷里，我们发现了狗屎，便突发奇想，把爆竹或烟花插在粪便上，然后放进别人的邮箱内燃烧，当发出吱吱爆裂声响时，便吸引了其他街童跑过来围观。我们的恶行，把过年的气氛推到了高潮。

如果接吻等于爱情

"喂喂，你把我拉到国华戏院门外，到底想干什么？""你不是说今日是你生日吗，要看我送什么礼物给你吗？那请你先闭上眼睛吧。"在女孩乖巧地闭上眼睛那一刻，我快速地夺走她的初吻。那种软绵绵且湿润的感觉，直至今天我仍然清楚记得，这场发生于九十年代的某个春天里的初恋。

当时正值发育时期的我，对性十分好奇，加上老师教学保守，我基本上都没上过性教育课程。对于性爱知识，大多是道听途说，或是依靠追看电视剧或电影得知。九十年代的古装剧或现代剧，无论男女主角如何缠绵，身体的接触都是点到即止，他们最终都以接吻的方式，来做进一步的情感交流。那段日子，爱情剧看多了，误以为接吻就代表了做爱——两条火辣的舌头，在充满爱液的嘴里一伸一缩，就能让爱人怀上孕。

我为了进一步实践这个"错误的性知识"，不断寻找对象，多亏当时流行 ICQ，我很快便学会使用这个交友平台，结识了一班与自己生活圈子截然不同的女孩。不过，那时候的女子要比现在的矜持多了，能够成功约出来见面的，只有寥寥几个，但大多是令人吃不消的类型。直至有一晚，她的出现……

她的 ICQ 昵称叫 Ivy，自称是圣心女校的学生，听她说一年前透过很多手段才能弄到我的 ICQ 号码。就这样，我们每天都在网络聊天，很愉快也很忧郁，日子久了，彼此就产生了奇妙的感觉。某天，不知是谁冲动要求约会，大家商量许久后，才决定在国华戏院的机铺碰面。

可是约会那天，惊讶的事情就发生了，之后的故事发展，就像文章开端写的一样，我们交往了，也实践了自己的"错误的性知识"，以为不断接吻就会更懂得爱情，更懂得爱她……直至前几年，我到山顶医院探访患重病的爸爸时再次遇上她，虽然我们迎面而过，却没有挥手，因为她已是别人的妻子了。

国华戏院

晚上洗完澡后便乖乖地躺在床上，一口气把搁置多时的吴明益短篇小说《天桥上的魔术师》阅毕，心里很激动。

这部短篇小说，以天桥上贩卖魔术道具的魔术师作为开启时光之门的锁匙，带领我们穿过隧道，来到九个小孩在商场内生活的场景，读起来还真的花时间，因为这些故事一环扣一环，而且每个小孩所拥有的记忆，都能重组出一个不一样的台北。于是，我从天桥上流动的行人、小贩与手表店、鞋店、面家等店铺共同构成的风景里，读到了当中流逝了的岁月光影与人情温度。

读完这本书之后，我脑海里总是浮现小城已经消逝或将会消逝的风景，也不禁要问自己，到底我们的城市不断兴建赌场、豪宅，是否真的能成为一个健康发展的城市？清拆了旧商号和旧公园，之后盖起新的地标和道路，那些存活于旧建筑内的故事，是否还会存在于人们的记忆里，甚至代代相传下去？我心中没有答案，正如吴明益在书中所说："当我问到他们记不记得天桥上的魔术师的时候，有些人完全忘记了，还问：天桥上真有一个魔术师吗？"

就着这些问题，我思考了一会儿，突然脑海中浮现了童年时代在国华戏院游玩的画面，及初中时被一个女孩约到国华机铺（电子游戏机中心）见面的片段，于是我在脸书上发了帖文：吴明益为台北的中华商场书写了一个故事，那么我们又有谁为国华戏院写个故事？对，应该可以写一个故事的，因为我们曾经也在那里碰上一个魔术师。

这帖发布不久，已看到很多网友的回复："国华身份真系飘移得好劲，还有卖模型的友叔和地下机窦，国华系澳门次文化总汇"、"我早前约了一个年轻人交收球衣，我约他在国华商场门口等，他说不知道哪儿是国华商场"等等。

看到这些留言，嗯，我想我可以为小城写个温情故事了……那就从即将翻新成文创基地的国华戏院开始写起吧！

时间，就是我们的魔术师。

冬吃羊腩煲

等了又等，终于等到吃羊腩煲的日子了。这在过去冬天最平凡不过的事情，却因为今年全球气候变暖的关系，尝鲜期一直押后。虽则现今一年四季都有各种食材供应，不需等到应节才吃，但中国人对吃自有一套传统，正所谓不时不食，吃东西理应按时令、季节，到什么时候才吃什么东西。

这个星期，气温骤降，小城迎来"难得"的冬天天气，好友陆奥迫不及待唤我一起吃羊腩煲。原本他打电话到新益叫外卖的，怎知道对方一直没接电话，心情顿时失落，后来他给仍在路上的我一通电话，交代了买不到羊腩煲之事后，希望我到其他食店寻觅，几经周乔，才在较远一点的地方买到一个热腾腾的羊腩煲。

来到他家里，还未揭开外卖餐盒，羊肉的香味已洋溢四周，只要闻一下，已垂涎欲滴。本以为可以大快朵颐的时候，陆奥竟然向我提出了严格的进食要求：一是要把外套脱下，放到沙发上；二是用餐纸铺好饭桌，以免菜汁倾泻；三要先到厕所清洗双手，然后用毛巾抹干净；四是不用外卖餐具进食，当完成这系列程序之后，才可以食指大动。在吃的过程中，我忍不住问陆奥，怎么吃个宵夜都如此讲究，又如此规定我遵守"小学鸡"的生活方式？他一边吃着羊腩，一边笑着告诉我，这是应该从小培养的良好饮食习惯啊，你还记得多少？

他兴致勃勃继续说下去，我却一边吃着一边点头回应。他说，吃东西跟做人一样，必须按照规律行事，不可逾越，当造食物当造吃，人才能活得健康。君不见现在的人，夏天吃蛇宴，冬天吃西瓜，紊乱进食，自然生活习惯也好不到哪里去。这样的人，你很难相信他做事会守承诺，会遵守社会秩序。听着听着，不知不觉间，这煲羊腩给我一人消灭掉了……当喝着酒说着大道理的陆奥发现时，为时已晚。我想，他应该忘记有一古训叫"食不言"了。

爱的角度

周六得到两张免费船票，二话不说便找了秋水一起到香港逛逛，纾缓一下过去一周大赛车期间大塞车的紧张情绪。我这位朋友从小就喜欢阅读、创作，特别爱收藏画册，所以我们一拍即合，第一站便到铜锣湾的诚品书店寻宝。

因为我们都很清楚彼此的喜好，所以在进店前，已约法三章，说好集合时间和位置，然后分道扬镳，各自各精彩。她喜欢流连艺术书籍区，而我则喜欢文学区和摄影区。有些时候，我没遇上心头好便早点到艺术书籍区找她，但在不远处看到她聚精会神寻觅至爱的样子，又不忍心打扰。这一次，也不例外，所以我又走回摄影区多逛一圈，好好消磨余下的无聊时光。

这时，荒木经惟的《往生写集》吸引了我的视线，我一边看一边思考着他曾经在《写真的话》中说过的话：老妈的死，让我了解到摄影的角度就是"爱的角度"。平日听摄影前辈说得最多的是，最好用仰角或者俯角拍摄，这样拍出来的照片才特别，具有不一样的视觉效果，但就从来没有说过"爱的角度"。

当我再进一步思考这个问题时，有一对年轻男女不知不觉间站在我身旁。女的一边翻阅摄影集，一边对男生说："你喜欢摄影吗？"男生答："我只喜欢看，不喜欢拍！"女生接着说："你知道我非常喜欢摄影吗？"男生说："不清楚……"女生继续分享："我喜欢摄影的原因是它可以让这瞬间化为永恒。"
突然，秋水轻拍一下我肩头，示意她已经完成任务，可以离去。我拿住《往生写集》跟秋水一起到柜台付款，不禁回头再望一下那对男女，可是他们已经走远了。

临走时，耳畔又传来熟悉的声音，那个不喜欢拍照的男生对女孩说，荒木经惟的《往生写集》拍了很多她亡妻的照片，很美，很凄厉，我也想像他一样成为摄影师，把你将来最美丽的一刻记录下来……

我想，这应该是爱的角度吧。

阴天快乐

这夜，你流着泪跑到我公司找我，即使无数目光聚焦在你身上，无数人在你背后说三道四，但你仍然不理会这个世界的人下一秒怎样看你，歇斯底里地拥抱着我。这个画面，已经定格在我脑海里三年了。

十月初秋，我在一个微雨的早上醒来，双脚麻痹得仿佛失去了着地的感觉，拉开窗帘看到街上的电单车穿插行驶，就想起了三年前我们在小城的点滴。

记得有一次在朋友的宴会上，我们假装成情侣一起到场，为这对新人送上祝福，离开的时候，天空零散飘着雨丝，你的香水味湿润了闷热的空气。我开车送你回去，你紧紧地拥抱着我，在我耳边婉声叹息，未来的幸福在哪里？这时，我把握着车柄油门的双手放开，紧紧握着你的手，车速缓缓下降，身边的事物也逐一慢下来，最后我定格了你生气地说我痴线的画面。

我已到台湾生活三年了，我没有了一切，却拥有了一个有你的阴天世界。之前一直喜欢政治的我，已经放下对各个党派的偏见，什么民主，什么社会改革，什么人权权益，如果都跟你无关，那跟我又何干？到最后我发现，每天在脸书上发表伤害政治人物的说话，都是废话中的废话，他们不会因为我的个人喜好而改变他们的立场和政策，最令我心痛的是，这些日子竟然没有一句是说给你听的情话。

我们都是生于十月的孩子。我希望"彩虹"台风过后，我们能够在台北这个既熟悉又陌生的城市重新开始恋情，启动三年前的定格。那帧留在我记忆中的底片是这样的：车速缓缓下降，身边的事物逐一慢下来，我的言语也慢下来，一字一字地吐出：我爱你！

"天空它像什么，爱情就像什么／几朵云在阴天忘了该往哪儿走／思念和寂寞／被吹进了左耳／也许我记不住可是也忘不掉那时候／那种秘密的快乐"。这是夏致写给秋水的情书，也是秋水二十岁生日的礼物。

月有阴晴圆缺

中秋将至，我们该玩些什么，可以和谁去玩？想了几天还没拿定主意，但这并不是说我没有主见，毕竟已为人父了，不可能像从前那样，约会一些美女到黑沙海滩烧烤赏月光，情到浓时，走到丛林暗藏处享受鱼水之欢。现在可以玩的，就是留在家中与太太、儿子一起做饭，享受天伦之乐。其实，这顿饭对我这个自小没出过远门生活的人来说，没那么浓厚的团圆意义。

有人说，我们这一代人的生活，远比上代人幸福得多，至少没有上辈人的童年战争阴影，自然大多数都能健健康康地生活在自己喜欢的地方。仿佛亲离朋散，到处漂泊他乡的生活场面，只会出现在抗战与世界反法西斯战争胜利七十周年的纪录片中，或在大师吴宇森的《太平轮》电影中才可重见天日。

每逢佳节倍思亲，苏轼一阕《水调歌头》（歌名：但愿人长久），曾给乐坛天后王菲唱到街知巷闻，一曲乡思情未了，又听到某个文学社团主办的中秋诗歌朗诵夜，海外诗人引吭高歌余光中诗篇，唱出游子想家的心情，"当我死时／葬我／在长江与黄河／之间／枕我的头颅／白发盖着黑土／在中国，最美最母亲的国度"。虽说王菲歌声动人，但却未能把《水调歌头》的离别思家之情唱至极致，坦白说，苏轼的《水调歌头》传诵到今天，也不及余光中经历过战争洗礼，在诗中寄寓的情感悲痛。毕竟，苏轼的思乡之情，再远也不过在同一土地上，而余光中等辈"想家"的诗人，真的要待到满头白发，"当我死时"也未必能如愿以偿，回到孕育他生命的最美丽、最温暖的国度。

今天，我们的亲朋好友即使远在他方，只需发个微信或把生活照贴上脸书，大家便可第一时间得知对方的近况及发布节日祝福，这是多代人努力革新科技、改善人类生活素质的成果。在这篇文章搁笔之际，朋友秋水穿着一袭深蓝的连衣裙，拿着"小小兵"灯笼在我面前走过，努努嘴告诉我，今晚约了男友去海边赏月，并着我不要再写一些历史沉重的文章。嘿，她说得也对，战争曾带给人们"月光光／月是冰过的砒霜／月如砒，月如霜"的伤痛，早已在抗战胜利老军人的热泪中一流而尽。

中秋，是人月两团圆的佳节，但人有悲欢离合，月有阴晴圆缺却告诉我们，今天的幸福生活得来不易，应倍加珍惜。

网络父母

现在人们都不用电话沟通了，统统贪图方便，使用脸书或微博上的信息系统往来，特别是明星们，更利用这些平台与大众拉近距离。有见这种情况越来越普遍，不久前手机版脸书做出了重大改动，就是强迫人们安装它的附属软件 Messenger 来聊天。脸书这样做，司马昭之心路人皆知，很明显是想跟 WhatsApp、微信等通信软体分一杯羹，然后独占通讯市场。

当然，脸书这种霸道的做法，并非人人愿意接受。现今的年代，已经跟十年前不同了，当年你不用 ICQ 或 MSN，似乎找不到另外一种更加方便的网络沟通工具交友，但如今是资讯爆炸的年代，手机里的 APPS 商店的通讯软件多如牛毛，而且功能相若，所以身边有些朋友很坚决不安装插件，拒 Messenger 于门外。

做人最重要懂得选择，选择适合自己的方式过活，才有精彩的每一天，不能为了某些人或事卑躬屈膝。

就如近日某台湾明星上微博贴孖仔仔日常生活照晒幸福，没想到这么一晒，竟然晒出祸来，遭到六万多内地网民围攻。这刻我心里嘀咕，晒相父母应该很不是味儿，之后会替自己的委屈申冤吧：晒相是自己私事，干卿底事，你们有权阻止人家在哪天发相吗？万万想不到的是，那位懦弱的明星竟立即在微博上向网民道歉了。

朋友秋水听我说起这事，怒气冲冲，破口大骂，道什么歉？在社交网络发布生活照何罪之有？很明显，这位台湾明星的多一事不如少一事的心态，也惹怒了港澳网民，真是顺不得哥情又失了嫂意。不怀好意的笨蛋朋友接着质问我，黑人范范为了赚钱，不惜放下尊严与个人生活方式，去讨好一班无聊的网民，那你会不会为了女儿做出这种事？我哈哈大笑起来，"我不是明星，又不是名人，怎会把这些无理取闹的网民放于眼里？不上微博就行了！世界之大，总有容身之处，正如我一直坚拒不安装 Messenger 一样！"可是，Messenger 用户秋水为了进一步打击我，无所不用其极，阴阴嘴笑说："如果你现实中的老板是 Messenger 使用者呢？"

　　唉，网络年代，做一个有尊严的父母，真的不容易啊！

消失中的租碟店

自从有了小米盒子以后，看电影都比较方便了，完全做到一机在手，足不出户便可浏览到世界各地成千上万的电影。不会像从前那样，要先选好看什么类型的电影，然后把片名抄写下来，匆忙跑去租碟店里寻寻觅觅。

早于九十年代，我就常常进出租碟店，租借自己喜欢的西片，但大多数时候，都是为爸爸去租借李小龙系列。基本上，那个时代的长辈们，都喜欢看港产功夫动作片，而且是百看不厌，像《黄飞鸿》《醉拳》《警察故事》等等，每次到店后都必须预先留名，不然"长问长冇"。

由于学生时代的我对性特别好奇，所以隐匿于租碟店一角的色情片区，自然吸引了我的目光。但那时自己年少害羞不敢单只租借，又难平息内心的欲火，便借着每次为爸爸租功夫片之便，直接把色情片夹杂其中，以鱼目混珠的方式，避过其他客人的眼睛，偷运这些色情片回家静静欣赏。

不知不觉间，我已把大部分零用钱贡献给日本 AV，自然也成了租碟店的常客，所以店铺老板经常关照我，甚至得到一些特权，例如新推出的猛片，必定第一时间预留给我观赏。在那一年的末期试期间，我因为"煲碟"成瘾，而错过了一场考试，结果需要补考才能升班。

随着近年澳门赌权开放，政府大力推动旅游业发展，小商号的经营环境也发生了翻天覆地的变化。如今，澳门的租碟店已经所剩无几了，从以前的总会有一间在家居左近，到现在走遍全澳，可能只发现三四间仍然在经营的情况来看，到底租碟店需要出租多少只光碟，才能够填饱日益上涨的租金呢？

卷四　写作骗子

流亡与乡愁

《速度与激情 7》在内地大收二十亿票房，吸引了大导冯小刚入场看个究竟，为何此片能够成为中国史上最卖座的电影。结果影片播至一半，他已没能耐待下去，逃之夭夭，事后更在真人秀节目上引用徐帆的话"这片让他看不见人心"来炮轰《速度与激情 7》。

对于没有欣赏过头六集的朋友来说，现在贸然看《速度与激情 7》，影片给予的印象，大概跟冯小刚看到的大同小异。约莫两小时的西片，没有刺激的路上竞车场面，更没有感情细节交代，充斥着的都是特技与爆破，以及匪夷所思的夸张"飞车"特写，怎不教初看者火滚，落得个垃圾片骂名。其实，如果看过速度系列的朋友，一定会知道个中可歌可泣的动人故事，一定会另有所说：这是一部关于流亡与乡愁的热血影片，也是已故男主角保罗·沃克的遗作。

无独有偶，《速度与激情》中诗意式的叙述流亡与乡愁的情感，让我想起念大学，上现当代文学课读到台湾诗人洛夫的诗作。虽说小城是一座诗城，但对于不爱创作现代诗的同学来说，上这节课犹如活在地狱中受苦。同学打哈欠、七嘴八舌的情景看在教授眼中，好不是味儿。她必须想方设法吸引同学的眼球与耳朵，于是她右白板上写下了"因为距离，产生了乡愁"的金句，并接着念起洛夫的诗来。

他的茫然／在灯塔里亮着／再也不能以仰姿泅回去了／因那嵌在沙滩上的背影／已整个被夕阳卷走／于是，他暗自把远洋沉船的地点／记在鞋底

——《海之外》

在这个海风轻拂漫天晚霞的六月黄昏，我们坐在澳门大学旧校区望海的课室里，第一次被教授朗读的声音迷住了，第一次听到了乡愁与流亡这组词组合出来的绝望与浪漫，也第一次对现代诗产生了兴趣……

另类改变命运

周日偶尔收拾旧屋床头柜，赫然发现以前挨饥抵饿收集回来的一系列未储齐的港式漫画，犹如中学时代的求学记忆，虽然难忘，却随着岁月的飞逝，已记不起当中多少细节了。

那时年少，受喜欢耍功夫的父亲耳濡目染，从小六开始习武，可惜天生蠢钝，弄刀舞枪都没有那种武侠的霸气，因此常被同学调侃明明就是一介书生样，怎会异想天开学当武侠起来？功夫自然学不成，唯有沉迷于武打漫画世界中，希望能够从中懂得一招半式，保护至爱的人，于是对于《街头霸王》《拳皇》系列特别执着。

爱上港式漫画的日子，正是这类漫画的黄金年代，也是我灿烂的高中生活的开始。高一新学期开学，家境清贫的我，竟有机会与全班最有钱的男同学成为邻窗，没零钱追买每周出版一期《街霸》的同学，都排着队等待那位富有的男同学阅毕后借来观看。一本好漫画，一般都要等待二至三天才轮到自己欣赏。为了顾及课业，我们很精准地把握消遣时间，绝对不会牺牲重要的课堂，往往都是留待上很无聊的音乐课时，才悄悄地在桌子下偷看。

这本十五六元的港漫，是热血少年的心头好，为保它的安全，我们事先约法三章，订下了一些守则：一是不可借隔壁同学观赏；二是绝对不能在中英数三科重要课堂上偷读；三是不能过度沉迷武打世界，而被老师发现不专心上课，没收漫画；

四是不能幻想情敌是"司令"，用波动拳打他；等等。当然，以上的守则，同学们一概没有遵守，结果大部分漫画被老师没收了。学年底，老师桌上尽是这些港漫，偶尔还会有几本色情漫画。几个懒散的同学们看见老师收集了那么多宝物，心里不是味儿，十五年后的今天，在同学聚会上，谈笑当年往事，他们真的因想免费看漫画，而投身教育事业，当上了老师。

老天爷，行吗？

突然听到朋友说亲人离世的消息后，心情十分复杂，想想她多年来到处外出求学的经历，再回想如今她像孤儿般举目无亲的状态，心里很不好受。她的现况，真像十多年前时跟我说的一模一样：我与家人的缘分很浅薄，是一个不会得到幸福的人。

她十多年前说过的那几句话，这几天一直在我脑海里萦绕，是否相信得不到幸福的人，到最后都会自我实现愿望，成为一个不折不扣的不幸人呢？她小时候已有这种想法了，未免太过悲哀了吧！当时年少不成熟的我，为了改变她的命运，尝试接触她，并跟她谈恋爱，希望能在恋爱中，多给她一些在家庭中得不到的温暖。但万万想不到，她不但不接受我的真心付出，还彻底地伤害了我，最后弄至老死不相往来。

自此以后，我们再没有在澳门碰上面。可是，缘分就是如此奇妙了，没想到十年后的一个活动上，我们竟然再次相遇了。在一个非常嘈杂的酒吧内点点头，然后聊起天，亲切的感觉没有因为时间逝去而变淡，但从前的恋爱感觉已不复再。

想不到今天她的父亲跟我的父亲一样，同样于清明节前后，同样是这种乍暖还寒的天气下离世。突然之间，我明白到原来两个性格相似的人，命运殊途同归，却又不能互相扶持，相依为命，是一件多么痛苦的事。今夜，我很想给她一个拥抱，很想给她多点安慰，让她感受到失去亲人，一个人活着并不孤单。老天爷，让她当一晚幸福的人，行吗？

旅行散记

一

再次去海南岛已经是两年后的事了。这次的海南之旅，不再只有我和太太两人，还带上了孩子，一家三口第一次坐飞机到三亚自由行。本以为小儿会不习惯疲于奔命的行程，但后来一张张冲晒出来的照片告诉我们：这四天的旅程非常顺利！

十二月十九日那天早上，天空灰蒙蒙，不时洒下毛毛细雨，我们一家人走到路口截的士，怎知道等待了二十分钟也不见其踪影，这时太太开始心急如焚，生怕晚点了赶不及到达珠海机场，白白浪费机票，便叫我回家取私家车的车匙，自己驾车到关闸。这是我完全理解的事，这座城市，除了自己的政府需要自己救外，原来自己的时间，自己的行程，自己的心情，也需要自己拯救。

正当我感到悲哀的时候，酒店门口的侍应立时为我们伸出了援手，帮助我们唤叫了的士，不消五分钟，一部的士像救世主般出现在我们面前，大家雀跃不已，不停向侍应道谢。这刻我的心情非常复杂，原来一部的士可以拯救一家三口的一次旅程，实在是功德无量，但想深一层，这是不是更值得让人深思我城的交通问题呢？

我把伞子收好，不愉快的心情像附在伞边的雨点一样，徐徐地落在冰冷的地上，然后，我们在飞机上，看到了海南岛灿烂的阳光和蔚蓝的大海。

二

好不容易才脱离烦嚣的城市生活，来到三亚旅游，享受几天得来不易的假期。经过一小时的车程，我们入住了闻名遐迩的文华东方酒店。甫下车，就受到酒店侍应生的热情接待，成人统一送上花圈，小朋友则送上小气球。接过迎宾礼物后，我们坐上一辆小卡车到达主房。

为度假而设的房间格局优雅，太太尤其钟爱宽敞的大阳台，青山绿水全映入眼帘，站在这里观望日落景色，直至入夜也不舍离去。虽然这里有城市难得一见的自然景观，但我总嫌这样的生活过于单调，拨电话询问侍应生这里有免费 wifi 否？她答道："我们酒店为了让大家远离烦琐生活，不提供免费上网服务，若然需要，可付一百元人民币开通！"

电话挂线后，我打扰了太太欣赏美丽夜色的兴致，问她不是在网上订房已包无线上网服务吗？太太调侃我说，难得有机会来这里度假，就不要上网啦！我则说，美景当前，分享瘾又发作了，若果得不到及时"救援"，未来的几天行程，恐怕我会周身不自在，破坏了欢愉的气氛就不好了。

日落之后，我们趁着外出寻食，特别绕道到大堂服务部查询了有关上网之事，最后得知这里真的不提供免费上网服务！而且在服务员了解情况以后，觉得我们被网上形形色色的预订网所骗，正当我准备破口大骂时，他面带笑容地对我说："我们可以提供一个账号给你上网，不收费的！"立时，我的心情从地狱飞回人间。

这年头，即使人在外地旅行，心仍然系在网上，这些现象都足以说明，我是何等害怕寂寞，何等恐惧与别人失去联系。

三

来三亚之前，身边朋友不断劝说，叫我不要为了这几天假期做傻事。原因是，我的特区护照过了期，而我又急于找一个地方去散心，在毫无选择的情况下，可能会选了一个不值得去的地方。但事实证明，旅行的意义"不在于你去了哪里，而在于你去了那里，对你有何意义"。更何况，三亚的阳光和海滩，也很适合我这个不太喜欢编排行程的人。

人生中有许多事情，都像这趟旅行一样，明明早已安排好目的地，例如日本、中国台湾、韩国等，最后却因证件或其他问题而无法如期到达；这种情况，也曾出现在我准备升读大学之时。

大概是十五年前的事吧，我在网上聊天室认识了一个与我志趣相投的女孩，她常常在聊天结束时，引用一位诗人的诗句作结。后来在我不断追问下，才得知诗人的名字——周梦蝶。那年的夏天非常酷热，所以这段日子发生的事，我印象特别深刻。她跟我说，她正准备升读大学中文系，问我有没有兴趣来台湾读书，成为她的同学，或者再进一步成为她的男友……

我躲在文华东方酒店的私人沙滩上两小时，不知不觉间进入了梦乡。脚被海水冲得又湿又冷，思绪在浪涛声中迷失了方向。好不容易才来到这里度假，我却因这里的上网问题，触发到内心的茫然与失落感。我开始怀疑，有些人走进我心里，会是一条不归路，因为我会在里面设下迷宫，让他们无路可退。

用这样的方式去爱或纪念一个已经不存在的人，是多么的残酷啊！但现实中，自然的灾难，比自己的内心变化更加恐怖和残忍。是的，那年夏天，台湾发生了大地震，我们从此失联，事前准备出发到台湾的行李箱，又寂寞地摆回原位。

现在有些时候，我会在周梦蝶的诗中测量自己与台湾的距离，我与她的距离。晚风轻摸我湿润的脸庞，夜里找不到出路的人，原来是自己。

四

由于酒店准备了旦餐，我们可以不用面对密密麻麻的餐单，便可尽情享受到各种美味食物。而且，餐厅提供的饮食方式是自助式，食物全部端在眼前，喜欢的不喜欢的，一目了然，不用太伤脑筋，可以一边吃一边倾谈今天的行程。

但当我考虑到去哪儿玩的时候，突发奇想，如果我们人生中的各种事情，都能像吃自助餐那样，应是一件非常棒的事吧。例如，在我们出世之前，如果我们的未来父母能一一站在我们眼前，展示出他们的模样、家底、才华、相爱程度等等，让我们自行分析然后选择哪个比较适合自己降生的家庭，我想，以后这个世界应该会很完美，不会出现那么多家暴、父母离异、子女成长不愉快的情况。可是，这种自助餐式的人生，如果长远发展下去，就会让人觉得生活非常乏味，做什么事情，也没有意外的惊喜与收获。我咕噜咕噜地喝下一杯清甜的果汁后，从白日梦中醒来，想到了该去的地方。

我着太太放下手上的旅游景点书，开始按自己的心情、兴趣去找寻一些没有在旅行书上介绍的景点，把握时间向当地人询问了一些常被旅客忽略的路线，开始了这一天的行程。正如我之前说的自助餐比喻，我们不依原本的安排与设定，一定可以吃上更加美味的食物。最后，我们找到了鲜为旅人所知的小沙滩与老街，以及一个非常棒的潮汐间艺术巡回展。

　　在旅行中发现人生意义是个已经被人写烂了的话题，人们常常把途中的生命领悟归功于旅行本身，这个说法我不太认同。我倒觉得，吃自助餐领悟人生这回事，根本可在任何地方进行，不一定在旅行中，只要你有时候停下来思考。

五

　　朋友曾经告诉我到三亚寻食，特别是吃海产，得分外小心，因为很多人也曾在亚龙湾被人宰过。知彼知己，百战百胜。我们抱着这种随时被宰的心态上路，每到之处遇上价廉物美的摊档时，都感到非常幸运，因为能够以不高的价格吃到美食，感觉赚了，心里万分感动。

　　台湾作家李友中在游历日本后，写下了《东京漂流物语》一书，他在作者自述中这样写道："我不是旅行玩家，也不想教你怎么玩。旅行是非常个人的事情，导览只能给你方便，不能给你心情。"从我这次三亚之旅的经历印证，他所言非虚。人云亦云的旅游资讯，只能给你行走的方便，但这个城市给予你什么启发，还得自己去发现。所以，在我吃过百多元的海洋餐后，我可以完全否定之前朋友跟我说的寻食经历。

　　关于经历这回事，并不是适合于任何人，而且经历会随着时间流逝而失去它本身的意义，正如我不会在亚龙湾被食店宰一样，也正如桂林山水已不是甲天下一样。前阵子，与亲友外出吃饭，在饭餸还未送上时，有亲友谈起旅行的事情来，其中有位亲友打算去短线旅游，问大家有没有好介绍。二叔公就说去桂林好玩，因为那里的山水是天下第一的，看过了，其他地方的都可以不当一回事。亲友信以为真，抱着一种朝圣的心情出发。旬日后，亲友们如旧于周末聚会，二叔公就问起桂林旅行之事，但亲友的表情好像不太高兴似的，一脸无奈。

事后才得知，亲友无奈的是被人"老点"了，因为现在漓江受尽污染，水质不好，秀丽山水风貌不再。就是二叔公二三十年前的旅行经历，令到亲友今天白走一趟，得天独厚、绚丽多姿的自然桂林山水看不到外，还有了一次不愉快的经历。

回到酒店后，我上网跟朋友分享今天寻吃的经历，他们看到照片后大都觉得不可思议，特别是我说到某些海鲜的价格很便宜时，他们都同时发来怀疑、不相信的公仔符号表情。我则回复他们：不信吧！自己来一趟三亚就知道！我的经历，只能给你参考，不全是真实。

六

许多人去旅行的初始目的都不一样，但最后的命运，却是殊途同归的——不论逗留日子长短，都要从陌生地回到熟悉地去，继续过着从前的生活。只有从他乡返回原地，发现两地的差异，旅行才会产生意义。

太太到三亚旅行的目的是避寒，喜欢到沙滩上晒太阳，品尝当地鲜甜的海产，偶尔撒撒娇，希望与我过上几个浪漫的夜晚；儿子则没有什么旅行目的的，他只是跟随父母而来，吃喝玩乐，其实在他这个年纪，根本不懂什么是旅行，那就不要强求他会有什么目的了。硬要说一个的话，可能是为了逃避上学吧。至于我自己，到今天为止也不太清楚自己到三亚的目的，唯一可以肯定的，作为丈夫的我，就必须跟随太太到底，陪她上山下海，无怨无悔。

　　说到"陪伴"这个词，其实挺有意思的。我们一生中的几件大事，都需要人陪伴，方能到达幸福的彼岸。例如小时候第一次上课，我们需要父母陪伴左右；到长大了谈恋爱时，就因为购多了一张电影戏票或参加某个活动，而需要伙伴陪行，渐渐地，伙伴发展成情侣；再到谈婚论嫁或生死离别时，我们都渴望身边的爱人能一起度过生命中各种难关，陪伴终老，即使有人要离世，也得跟眼前人再三强调："我肉身不在，但我的灵魂仍会长陪你左右，好好活着。"于是我发觉，怎样陪伴亲人，是书本上没有提到的大学问。

　　因为没有旅行目的，我便可以在新环境中随意行走，心想到哪里，路便在哪里，最后我看了一个大型艺术展览，到海边摇床上看了一小时小说，便结束了这次的三亚之旅。

伪文青

　　一般人认为，所谓文艺青年，就是那些饱览文艺作品，能欣赏、评鉴，甚至能创作的人，不是人人都能做到的。不过，近年流行的伪文青，就容易做得多了，你只需随口说出两三个作家名字、经典电影名目，不需要真的深度阅读与研究，便可蒙混过关，成为一个准伪青。当然，若想名正言顺地成为伪文青一族，也需要下点苦功，就是要无时无刻不泡咖啡馆，以及在各大社交媒体，有意无意地向朋友透露自己的独特生活态度。

　　独个儿在台湾出差期间，认识了一帮二十出头的伪文青，跟着他们四处奔走，我也不好意思暴露自己真文青的身份。生怕身份曝光以后，沦为小众，遭受冷待，或成为易卜生笔下的"人民公敌"。经过再三思量，还是融入伪文青圈子，跟随他们用 lomo 机到处乱拍很有诗意的照片，跟随他们喜旧厌新，走进颓垣败瓦的旧城区，寻找买少见少的人文景观，又或流连在自己听不懂播放着什么音乐的咖啡店，品尝着自己也叫不出名字的咖啡。在这段日子里，最让我感动的是，那个做厨师的 C 君，受同行的少女影响，不论村上春树的译本优劣，一口气买下了小说全集，令经营小书店的老板笑逐颜开。

　　看着这些伪文青的种种行径，就让我明白到为什么台湾如此吸引年轻人旅游，成为他们的心灵后花园，这或多或少都与当地的文化氛围有关。像我这种真文艺青年，也对那里的古朴日式建筑、特色书店、老街深感兴趣，渴望在游历途中，激发创作灵感。另外，那里独有的人文气息，慢活、慢走的生活情调，也是吸引伪文青必须每隔一段日子，便像上瘾一样要到台湾朝圣的原因。在台湾的所见所闻，使我渐渐对伪文青改观。

　　无论你对伪文青常常在脸书上分享的行为有多讨厌，但说到底，他们都是振兴一个地方的经济与文化事业的重要人马，如果没有他们的光顾，只靠我等买一本书都要考虑一番的真文青支援，恐怕不少书店和特色咖啡馆，都无法在地产霸权下的商业社会经营起来。

台风营救

　　撰写此文时，本澳气象台刚好悬挂今年第一个台风预警信号。除了黄昏时分下过一场大雨，空气变得清新外，尚未发现商号招牌摇摇欲坠。记得念中学时，每次电视台发布本年度第一个风球消息，便意味着学期结束，暑假快将到来了。

　　九十年代，并非家家户户都像今天的奢侈，每个房间都安装一部空调避暑。十四岁那年，我与父母仍旧住在旧区低层唐楼，生活拮据，没有多余的钱安装空调，每到七八月份热得难以入眠的日子，我和弟弟索性脱光上身，赤裸裸地睡在爽意沁心的瓷砖地板上。父母看在眼里，愁在心头，好不难受。所以，我们特别渴望七八月多点暴风来袭，借此使暑气全消，让大家享受一个舒适的暑期。

　　但是，打成强台风的概率并不是我们想象中的高，实际上，每每悬挂风球，一般风力徘徊在一至三号之间，有时更没下过一场雨，台风就已去如黄鹤，同学们常自欺欺人安慰自己，悬挂低级风球好比中了六合彩安慰奖般幸运，聊胜于无。

　　都说年少不知凄情滋味，对于台风，我们只联想到它柔情的一面，却从没有想到它凶残的一面，譬如说，它不用一夜时间就可以造成巨大的经济损失，甚至人命伤亡。在看似浪漫不羁的风雨中，总少不免渗着或多或少的世间悲情在内。

　　十六岁那年七月，刮起了八号风球，全澳学校停课，留在家中百无聊赖的我，听到邻居小王的家猫失踪了的消息，而小王亦心急如焚，冒着风雨外出寻猫，我爸妈都说他爱猫心切，但行为实在过于危险。关于这只尽忠职守的良猫，我与弟弟都知道，它曾多次跑到我家来捉老鼠，留下好印象，所以邻里人都对它爱护有加。那个晚上，烈风飒飒，多处棚架都被台风吹至东倒西歪，我和弟弟及几个邻居漏夜帮助找猫，终在对面街一地盘倒下的竹棚下发现其踪影，当时它多处受伤，仍奋力地低鸣，似在呼叫我们前来营救，最后由于过了拯救黄金期，还魂乏术……

　　自此以后，对于台风的种种，我算是长知识了。

业力

天灾人祸，从地球有人类开始，便已经存在。换句话说，它的历史跟人类的生长演变一样悠长。但是任由人类怎样进化，科学怎样发达，仍然是时常落得一个人算不如天算的悲剧下场。君不见早有的战争、疫症，大型巴士坠崖、铁达尼号沉船，到近些年的海啸核辐射、马航失踪等等，诸色灾祸，防不胜防，像是大自然告诫人类一样：你们必须为发展衍生出来的各种业，付上沉重的代价。

何谓业？按维基百科说，是印度传统宗教的一个普遍观念。它是形成因果关系、因果报应的重要元素。简单点说，业是指某人过去、现在的行为所引发的结果的集合，从而令到大部分人受其影响，不单只是影响现在，而且还会生生不息地延伸至未来。佛家的至理名言，都在警惕人们，千万不要做坏事，这个准则，放诸四海皆准。

为什么今天我突然说起佛语来？这全因 V 友人的缘故。她是在 2003 年"非典"疫情中，从死亡边缘走回来的人。当时她病入膏肓，整个人高烧至迷迷糊糊，即使用了药物也无济于事，后来某晚她在梦中看到一道强光，翌日醒来高温竟然全退，第三天更可以自行出院。在这个奇迹出现后，她皈依佛门，深信是菩萨救了她，发誓每天都要做一件善事，报答神恩。

V 友人突然约我讲佛学，正是她今天要做的善事。虽然我平日没有为非作歹，但在 V 的逻辑里，我绝非一个好人，皆因我是她的前男人，她深知我种种玩弄女人感情的罪孽。V 为了让我痛改前非，拿了近日于韩国暴发的新 SARS 为例，说出了人类各种的业。她说，新 SARS 是当年 SARS 的业力，因为当年人类控制了疫情，但之后没有改善大自然，环境继续污染，野生动物继续被人捕食，六道轮回，今天的新 SARS，其实乃是 2003 年的 SARS，上世纪的瘟疫等等，尽管它们形态各异，但信念同出一辙——都是回来夺人类的命！

　　是耶非耶？今晚我失眠想起 V 君早前跟我说的一席话，突然感到心寒，因为刚刷手机屏，线上新闻网报道：韩国疫情已经升至二十三人死亡了。

写作骗子

从前家境清贫，想改变命运，但又无从入手。有一天，语文老师知道了我的想法后，便静静地告诉了我一个快捷的揾钱途径，那就是投稿到报社去，赚取稿费补贴生活所需。

九十年代初，人们的生活比较简单随意，没有过多的玩意儿，而且电脑互联网手机等仍未兴起，无聊时，阅读、写作，是很自然而然的事。那时只需一支笔，再加上学校派给的用之不尽的原稿纸，便可以滔滔不绝地书写了。然而，若想知道自己的作品能否见诸报端，就不是那么容易了，因为家里没有多余的零钱供我每天买报纸，自然就不知道作品是否被刊登了。

可能人到了穷途末路，奇思异想就会从脑海中滚滚而出。当我知道管理大厦的看更室，每天早上都有人派发报纸给看更员打发无聊的时候，我便一大清早着我弟弟到看更室，告诉看更老伯家中父母不在，怀疑煤油炉没关好可能会引发火灾的情况。在弟弟引他到家里巡察期间，我快速潜入看更室内浏览报纸，如发现自己的文章见报了，便立即跑到巷尾的报纸摊购买一份留念。如是者，年年月月这样骗下去，直到我的弟弟不再与我合作无间，直到看更老伯退休为止。

现在想起这件事情来，真够匪夷所思，从前的人就是这么单纯、可爱，看更老伯永远不考虑其中是否有诈，只顾虑住户的家居安全，尽忠职守，反而让我这个骗子可乘虚而入，每每得逞。说到底，我还是要多谢他的，因为他的懵懂成就了我的写作梦，改变了我以后的人生故事。

今天，许多大型屋舍都有免费报纸提供阅读，可是索取的人少之又少，最后这些报纸，只能沦为看更员三餐垫饭盒的废纸。

那一年，我十七

那一年，我十七，澳门尚未回归祖国，楼价还没有飙升，在一个阳光明媚的下午，我与我的暗恋对象，听着电台节目中 DJ 聊千年虫瘫痪全球电脑与经济的话题，然后我们噢一声，望着对方笑了起来，与在公园里耍着太极的老伯伯，一起生活在这个小城里。

那时候，我们的小城叫流动岛，并不是东方拉斯韦加斯。

Emily 的《那一年，我十七》，似乎并不是她十七岁那年澳门所发生的景象，我想她是怀念我们难离难舍的九十年代，所以才有了这部青春伤逝电影。在电影中，无论她镜头呈现的每一个或暖或冷的街景，都能与我产生共鸣。有时候看着看着，自己也分不清楚，电影中重现我那年十七岁的点滴，到底是她虚构的情节，抑或是确实在我生命中曾经出现过，而又随着时间渐渐消失的真实记忆。

这两天晚上，我分别把影片看了两次，还未能找到答案，可能我早已陶醉于中学时代的校园生活，以及憧憬未来的种种美好之中。当中有一个情节很吸引眼球，就是当年仍是学生哥的我们，常常把约会女生的地标聚龙轩误当成聚龙酒家，结果错过了开花的缘分。很可惜，现在的年轻人太聪明了，有手机google 地图傍身，找地方已不懵懂，却仿佛失去了一点生活趣味。

十七岁，到底是一个多远的岁数？如果按数学分析来说，数字越大，本应该拥有得越多才对，怎么三十多岁的我，失去的，远远超过十七岁那年呢？那一年，我十七，拥有的是什么？

是金钱？时间？女友？成绩？强壮的身体？休闲？还是一个只有四十多万人口的澳门？

十五年火影之路

连载十五年的热血少年漫画《火影忍者》已于本月初大团圆结局！虽然故事发展未如读者所预期的美好，但有不少粉丝仍抱住"一个亲密的好友离世"的心情来"悼念"这部作品。所以漫画结束至今，火影讨论区依然热闹，各地粉丝不断在留言板留下新的祝福字句。那里，已经不是单纯的讨论区了，而是一个时代的回忆之地。

已经记不起自己是哪年追看《火影忍者》了，依稀有印象的是那时我与弟弟仍然在新桥区生活，家境比较清贫。当时穷孩子能玩的东西不多，到漫画店租借便宜的漫画书，便成了唯一的消遣，而阅读也成了我们的习惯。有一天，弟弟租借了《狐忍》回家（最初上版时的《火影忍者》叫《狐忍》）阅读，他看完后便转给我看，之后我们一起谈论剧情，漫画在那年代，竟然有一种特别功能：既消除两个孩子的寂寞，同时又培养兄弟俩的感情，我想现在大家都喜欢在网上看漫画了，此情此景不复再。

《火影忍者》可以说是继承了《龙珠》《男儿当入樽》中的青春、热血、理想、友情与牺牲等元素，并糅合佛道，发展成一部非常成熟的少年漫画，我身边不少同龄朋友，在成长过程中深受这三部经典的洗礼，为了像漫画主角般达成梦想而努力以赴的大有人在。我想，这种阅读热血漫画得到的生生不息的精神能量，是现今的萌腐漫画无可比拟的。

从前习惯了逢星期三便会上火影讨论区，浏览最新一话的出版情况，如今虽然漫画已结局了，但那种习以为常的行为，总是一步一步引领我们回到过去的漫画岁月里，看着鸣人与佐助的成长，就像自己生命的一部分。在这十五年里，我与弟弟曾因阅读《火影忍者》而加深了情谊，还一起玩过角色扮演，谈论过当中不合理的剧情，对于火影与自己的未来，也有所期盼，有所失落。十五年过去了，如今我已是两个孩子的父亲了，而他也正准备成家立室。十五年的日月结束了一部经典漫画，而我们的人生故事，只是刚刚开始而已。

爱我请留言——致悦书房

新书出版，行销资源不足，唯有靠自己努力拯救，卖得一本得一本。

近日，为了帮存在感极低的新书做一点事，我在脸书上发起了一人一照片撑《如果爱情像诗般阅读》的行动，这做法跟要结束营业的十年老书店悦书房，在收费处旁放置一个包装好的纸皮箱，上面写着"爱我请留言"的行动，有着同工异曲之妙。这都是发自内心的行动，希望喜欢逛书店和阅读的人，能多给我们一点温暖。

这次由我发起的一人一照片撑澳门文学作品的行动，起初只有数个热心朋友参与，没有太多人响应，有朋友更跟我说，你这种无聊活动，不会觉得太做作吗？明知道做这事吃力不讨好，但又偏偏干了，全因为在澳门促销本土书籍艰难，经营书店更艰辛，所以宁愿自己多出一点力，也要让它存在于这个城市里，正如悦书房书店一样，它是汇聚城市的人心与灵魂的一个空间，我们必须守护下去。

从古至今，不论在哪个城市，小书店的生存都是一道难题，但在澳门，情况会更加糟糕，因为小书店的命运，早已与本土年轻作家的命运联系在一起。悦书房的种种，令我回忆起当年自己自资出版书籍的情形。那时候刚刚出版诗集，没有人脉关系，书本进不了大型书店寄卖，在最彷徨无助之时，幸得边度有书及悦书房帮助，让我的书有了一个小小的生存空间。

想不到多年后的某天，亦即是悦书房结业前的一个月，刚巧台湾朋友回澳约在高士德吃饭，晚饭后跟她到书店里逛，仍然看到自己那本诗集被人用胶纸包装好，珍而重之的放在书柜上。看到这个画面，心里有种说不出的感动，因为现在的书店，已很少会把本土文学书摆放于当眼位，做重点推介。

　　悦书房的老板娘，曾经来过书展听我与陆奥雷主讲的"写作是一种坚持"的讲座，在问答环节，她提出了很多有趣的文学问题，也鼓励我们要继续创作下去。她说，一座城市，不可能没有自己的文学，没有自己的灵魂。讲座结束后，她更主动联络我们，希望可以将新出版的有关澳门情怀的书，送到她的书店里寄卖。这份恩情，我跟陆奥雷都无法忘记。

　　虽然悦书房只是一间小书店，它的地位在这座赌城里微不足道，但人们一到那里，就能轻易地找到澳门书籍。令人百思不得其解的是，为何一直强调发展文创产业的政府或官员，这么多年以来，都没有推出一些计划支援文化事业，就这么轻易让一间支持本地文化的书店消失？

　　跟昔日的情况一样，传奇书店莎士比亚在第二次大战时经营陷入困境，该书店创办人毕奇小姐，便告诉法国作家纪德书店被迫关闭的事，当时纪德大声喊道："我们不能放弃莎士比亚书店！"来到我们这个年代，眼见悦书房要结业了，也深感无奈和舍不得，同样发出这样的心声：我们不能放弃悦书房书店！

　　说回这次我发起的一人一照片撑自己作品的行动，其实是多么的天真与可笑，即使之后很多人响应这个活动，但读者到底可以到哪里购买本地文学作品呢？未来的日子，我敢打赌，关怀本地作品的书店只会越来越少。谁能保证，现今跟悦书房同样细小的边度有书书店，多少年之后仍然可以屹立于旅游旺区的一隅？仍然能把支持本土创作的精神延续下去？

减肥

说减肥已经说了好几年，如果当时真的能下定决心，我想现在已经修成正果了，不用再苦恼"穿衣难"的问题。

早前，为了出席一位朋友的婚礼，老婆觉得我平日穿的衣服不够体面，专程请假陪我到高级时装店买衫。然而，能够看得上眼的品牌，一般都与我有缘无分，因为这些穿起来令人觉得比较帅的衣服，都没有我要的尺码。

我跟老婆说，不要放弃，我们多逛几间店，说不定能找到适合我穿的衣服呢。可是，我们一间一间地逛，都没有遇上心头好，再逛几间店，结果都是一样。原来自己看中的衣服，却没有自己的尺码，是一件多么令人沮丧的事。

两手空空的我们，怀着失落的心情步出威尼斯人购物广场，这时天空正下着微雨，老婆的手袋被雨打湿了，心里觉得不爽，心直口快说出了一些令人难堪的话。"都叫你平日不要吃咁多，做运动减肥啦！你看吓你的朋友陆奥，身材多么好，穿什么衣服都好看！"我看着自己被雨水打湿的白色薄衣，腰间的赘肉表露无遗，让人好不尴尬。

自从那天之后，我在脸书上留下了"我已下定决心"的帖子，立此存照，希望能够常常警惕自己，多做运动减肥。而老婆也看见我放工以后，很勤力地在互联网上寻找减肥的运动方法和饮食偏方，开始幻想我拥有胸肌和腹肌的模样。这夜，我们做爱时，她都比平日更为投入。

手按左键又按右键，迅速把网上流行的减肥文章收集起来，得出了几种可行的运动减肥法，但是哪种适合我呢。

　　游泳？唉，附近没泳池，没时间开车去海滩畅泳；跳绳？房子空间太小，一挥绳一跳跃，可能不少家具被打碎；跑步？城市绿化空间不多，跑步径也不多见，原本跑街也是一种很不错的选择，但接连发生行人在斑马线上被撞死的事件，谁人还有胆量去跑呢……由于有太多太多的原因，导致我的意志又不再坚定了，而早前在脸书上留下的帖子，也随着海量发布的无聊帖淹没了……

一夜危情，两种热爱

自从有了小米盒子之后，我每晚下班回家后的第一个动作，就是开启它，搜索一些之前错过了的沧海遗珠，然后泡个即食面，斟一杯红酒，独自享受快乐的电影时光。

人们都说赌博是一种瘾，其实看电影何尝不是一种瘾？而且会越看越上瘾。譬如，早前上过中国著名编剧全勇先老师的课后，我真的依照在课堂上抄写下来的笔记，回到家里，在小米上搜寻他介绍的电影《危情十日》来看。

这部电影是史蒂芬·金小说改编的心理惊悚片，导演为罗勃·雷纳，主要讲述小说作家被读者软禁在屋内十天所发生的故事，剧情非常有张力，女粉丝对偶像作家的疯狂行为，更是令人毛骨悚然。当我看完这套电影之后，眼睛瞄了一下时钟，才凌晨二时半，还有时间再看一套跟"危情"有关的电影《危情三日》。

这影片开头有点突兀，在任何事件都没有交代清楚的情况下，主角的妻子已坐牢，于是我们看到的是，丈夫如何以各种各样的途径去营救妻子的故事。虽然男主角是文质彬彬的大学教授，但他为了爱妻铤而走险，更策划了一场惊心动魄的劫狱大计划，故事情节的构思相当吸引。

看毕电影后，陆奥雷的样子渐渐浮现于我脑海里，他的出现并非无因的，因为据我所知，他一直被一名匿名的疯狂女粉丝纠缠着，每星期都给他写情信。想着想着，我看到陆奥雷被那名女粉丝捆绑在一间废屋内，在他生命危在旦夕之际，他的妻子突然出现，并在情急之下连开了三枪，成功拯救了陆奥雷。后来，陆奥雷的妻子被警察抓走，但在运往监狱途中，又被蒙面的陆奥雷劫走了……

　　窗外的雨点敲打着窗台，天渐渐亮了，因为红酒，因为电影，抑或是因为近日的警员开枪事件，我竟然做了一个非常奇异的梦。

八○后的三十二岁男人

前几天有杂志社的人问起我的年纪，到底是八○后的二十多岁，还是三十多岁？一向对年龄问题不太敏感的我，突然被这问题吓到了。不是她们好奇一问，我还以为八○后的我，仍然是二十六七岁的美少年。是的，都已经2014年了，在八十年代出生的孩子们，都相继进入三十岁的关口，真叫人唏嘘！

少年时，每天上学前都必定对住镜子观前顾后，看过自己衣服整齐、面部干干净净后才敢上学去。生怕自己的形象没得到适当的打理，须根、毒疮暴现，显出老态，把身边的女同学吓走。当时女同学招揽"观音兵"，都以"四大天王"的容貌做标准，有人长得像郭富城、黎明般青靓白净，斯斯文文，自然加分不少。花样年华的少年，由女童到大婶，看到都流口水，你可曾听说过，有女人对大叔"起痰"？

来到今天，都笑自己当时年少无知，以为男人只需装可爱、够年轻就能深得女人钟爱，长大以后才发现原来满面胡须、饱经沧桑的大叔，才是抢手货。成熟的男人，就像烈酒一样，经过岁月的发酵，才能刻画出他们的深度。小三遇上他们，如命中注定般，深深地落入他们凶猛而野性的个性中不能自拔。

越成功的男人就像越醇的陈年老酒，一直尘封在平平无奇的酒坛里，但一经打开，便会香味四溢，看似透明的水，实则是灼热的火，哪怕喝一口，也能让人沉醉一生。所以，八〇后的三十二岁男人，如果到今天仍没有房子，没有宝马汽车，没有事业，但又很想跟女神做爱，那就幻想一下好了，反正不用钱。

限 期

常常跟朋友说，不知道是自己心理时钟出了差错，或是这个世界根本早就习惯了快速地发展，一年过去紧接新一年到来，好像预言着我们的生命只有两点：一是渴望新的开始，二是缅怀过去。

像我这样的人，在每段日子新旧交接之际，总对将要消失的东西特别眷恋。记得 2000 年那个冬天，气温完全没有去年寒冷，某天晚饭以后，我们一班同学约在议事亭前地庆祝新一年的来临。可能是当时少年无知，深信某些流言，觉得这个世界过不了 2000 年，因此特别珍惜身边的亲朋好友。

老生常谈，人心易变，看来真有其道理。我觉得每种事物都存有一个限期，只要一过了这个限期，里面无论是什么，其质也会自然地转变。万物皆有其道，爱情亦逃不出这个限期，甚至有人未到达所谓七年之痒，早已退场另觅新欢。友情，当然也不例外。

除夕夜，迎新送旧的地方早已跟着小城的发展而改变，我们的友情也随着成长改变了刻度。一夜无梦，一下子就天亮了。大概是这样吧，人生过了某个时期，所谓的节日庆祝，只适合孤单一人留在家里纪念某个限期前的人与事，和渴望着某个限期结束后出现的新事物。

习惯

第一次听 *I'm yours* 的时候，是在一个音乐比赛上，那时有一位参赛者唱这首歌冲击冠军宝座。在最紧张的时刻，这位参赛者跳起活泼的舞步来，再加上歌曲本身轻快的节奏，很快便俘虏了所有观众，夺得了大赛冠军。我急不可待追问喜欢听外语歌曲的太太："你知道这首歌的原唱者吗？"

Jason Mraz 嘛！就这样，他的名字便烙在我脑海中，现在每天外出，都会一边听着他的音乐一边开车，甚至出现了一种"如果今天不能听到他的歌，我会迷路"的困境。我知道，听他的歌已成为我的习惯。

说起习惯，我觉得它会随着时间不断改变形状，如脚下寸步不离的影子。我想，每个人的一生之中，或多或少都会有几个好习惯或坏习惯吧！我不敢说自己有哪些好习惯，但说到坏习惯，就可以滔滔不绝地说个不停。

例如我结交的第一个女朋友 C 君，她自小就很爱美国英雄 Superman，当我们做爱的时候，她总要求我穿上红底裤扮演她的偶像。她说我这样做，会令她更投入，享受到更多的欢乐，久而久之，我便养成了这种扮演癖好。到后来，我结交了另一位新女友，便努力地改变这种古怪的坏习惯。她的性格比较乐于安逸，对一切容易满足，我只需每晚跟她到 M 记吃个套餐便可以，这种宵夜坏习惯持续了三年，到我们分手的时候，我已经成了一个胖子，到现在仍然没办法戒掉这个习惯。

前些年，陆奥兄弟经常跟我玩，我便尝试把自己的坏习惯"传染"给他，"试试啦，又不会死的！"结果那晚，平日不喜欢饮酒的陆奥，一下子就喜欢上了，也同时喜欢上同样喜欢喝生啤的村上春树和 H 少女。现在他每晚都要喝一支生啤才能入睡，有时饮醉了便给我打电话，告诉我他很挂念 H 君。

十月的夜这么漫长而宁静，今夜，我也喝了一支生啤，想念起那个为了爱我，曾经跟我一起喝生啤、看郁达夫小说的前女友。

耳屎作祟

某天一觉醒来，发现左耳突然失去了一半听力，感觉像刚刚步出飞机舱一样，有点耳水不平衡。儿子跟我聊天，完全听不清楚，心知不妙，立即求医。无奈这天是周末，平日光顾的诊所休息，那只好随缘找一间就医，碰碰运气。

看医生也要碰运气？没错！你没有看傻了眼，这是澳门的真实情况。小小的一个社区里，形形色色的诊所开至成行成市，孰优孰劣？一个个招牌令你看得眼花缭乱之余，心里更加彷徨。在越来越听不到声音的世界里，我只好随便选一间诊所看病，心里却暗自思忖，如果医不好就当作浪费金钱和时间吧，应该不会对病情产生多大影响。

结果，耳朵听力进一步恶化，证明了我这种想法是大错特错的！在初期的诊治过程中，医生检查了我的耳朵后没告诉我病情，只叫我吃药后再回来复诊，临走时，她再三叮嘱：如果没有康复过来，就要做进一步复查，可能跟鼻咽癌扯上关系。我诚惶诚恐地依照医生的吩咐，把药全部吃光了。到了复诊那天，另一位医生跟进我的病情，这次他诊断出我的耳朵发炎，并给我开了一支耳药水，怎料，药水滴下以后，我的病情急速恶化。

有同事得知我的情况后，立即给我介绍了好几个专科医生，我也尝试接受他们的治疗，最后终于确实诊断出我并非鼻咽出了状况，也不是耳朵发炎，只是有一块很大的耳屎卡住耳膜，影响了听力而已。我顿时如释重负，兴高采烈地回家告诉妻子，我的耳朵畅通了。妻子见到我得意忘形的样子，还是忍不住揶揄我一番，抿着嘴笑道："想不到一块耳屎害你辛苦了一星期，看了那么多医生才找出真正的原因，你真好运！"

谨慎

妈妈从前常常告诫我，做人做事都要小心谨慎。她这番话，我一直惦记于心。那时自己年纪尚小，但已明白如果做事不上心，总会把好的事情弄坏，后果不堪设想。

前天，许久没有跟我联络的干妹妹突然约我吃饭。我头痛得要命，本来打算放她"飞机"，最后还是不忍心让她失望而前往赴约。一个多小时的聚会，她说了许多对婚姻的看法，我想她离婚后的痛苦心情，应该一直难以平复。她一边吃，一边诉说这几年的经历，我看着她含泪的眼神，知道她所受的苦，实非笔墨可以形容。

在这短短的一小时里，我一直听着妹妹说话，突然她细声地说：如果当时能心平气和接受他的错误，不吵不闹，事情就不会发展到如今的地步，我真的非常憎恨自己，为何当时会那么谨慎，发现他有外遇。虽然她细声细气地说这番话，但"谨慎"一词却刺激了我的神经。

记得自己第一次与女同学谈恋爱，放学送她回家都是在一种偷偷摸摸的情况下进行，之后和她接吻、做爱，都是在杳无人烟的郊野进行，因为我害怕公开恋情之后，父母会反对，继而失去她。所以从那时候开始，我便养成了做任何事都用心谨慎的习惯。但没想到，我妹妹竟然因做事太谨慎而揭发了自己的老公有外遇，继而失去了至爱。这一刻，我一句话也说不出来。

短装陷阱

今年天气冷得晚，到了十二月中才进入寒冬期，平日喜欢穿短裤露出修长美腿的少女们，终于把自己婀娜多姿的身躯包裹得像肉粽般，撑着雨伞在街上行走，个个狼狈不堪，与初夏时所看到的风情万种的景象截然不同。

不知道是时装潮流还是少女们喜欢这样穿，这几年来，她们的"穿衣哲学"都偏向短小的方向发展，例如热裤、超短裙、低胸衫等等，可以短的尽可能短，可以露的就倾巢而出，一时间，无论在任何场合，都会见到性感惹火的女神出没。不！我这种说法已经过时了，现在可以短，可以露的优势，又岂止存在于少女。

去年冬天参加一个朋友的私人派对，我就见过一些上了年纪的阿姨，喜欢做少女装扮。她们凭着出色的化妆技术，和性感可爱的时装配搭，打扮成少女，惟妙惟肖，几可乱真。

那个晚上，我看到几个比我还年轻的小伙子，以为这种场合一定有靓女，即使已过凌晨二时，他们仍然精神奕奕地寻找"猎物"。碰巧，他们面前正有一个穿着性感的女子在忘情地跳舞，其中一人误以为是靓女，冲动得扑上去揽着她的小蛮腰并亲吻了她。经过一番"车轮战"后，他慢慢睁开眼睛再细看对方面貌时，才惊党她是一名阿姨。

记得老爸曾告诫我："人不可貌相，初踏入社会做事，处处要提防。"那夜，我仿佛又上了一课。我幸灾乐祸地走到那个不幸年轻人身旁说:"喂,靓仔,人靠衣装,佛靠金装,女靠短装,哈哈,祝你们今晚玩得高兴!"说毕,我便隐没于人山人海的"舞海"中。

卷五　时代记号

片段

　　樱木、流川、三井等这些耳熟能详的篮球健将，一直没有随《男儿当入樽》（内地译：《灌篮高手》）的完结而消失在喜欢篮球的人心中。看过此套经典篮球漫画的朋友，在若干年后，仍会在球场上因遇见某些情景，心里不由自主地有着一些感动："这次不是说谎，我是真的喜欢……打篮球。"大约十多年前，我的大部分波友都是被樱木这句经典对白所感动而开始打篮球的。当年，只要喜欢篮球的人，都会安静地坐在电视机前收看轰动一时的动画《男儿当入樽》。而这些动画人物亦瞬间掀起一股篮球热潮，连平日不喜欢运动的女孩也打起篮球来。但眼看今天澳门的球场逐渐减少，心中无不慨叹。

　　一个一无是处、整天游荡，连续失恋五十次的问题少年樱木花道，为了心仪的晴子的一句话而加入学校的篮球部，从此走上了刻苦成材之路。随着一年一度的高中篮球联赛开始，一群默默无闻因篮球而集合在一起的湘北篮球队伍，与上届联赛冠军山王队对决的时刻，现实中的我们也像漫画情节一样，艰苦地打进篮球联赛的决赛，此情此景令人明白到，原来真实的人生与漫画的人生竟如此相似，最后我们伤心地接受不了湘北胜了最强的山王而因球员体力耗尽被弱旅淘汰，这种既戏剧性又符合现实的结局。当然，我们也没有在篮球赛夺冠便毕业了。

　　从此以后，我和许多喜欢这套动漫的朋友们，心中都存着同一期望，一部意犹未尽的故事——樱木、流川和晴子的三角恋关系，湘北篮球部的未来，漫画家井上雄彦会不会推出续篇，让这个记录了我们青春与梦想的故事来个完美的结束？我们一直等待，直至 2007 年夏天听到主唱《男儿当入樽》片尾曲的日本乐团 ZARD 主唱歌手坂井泉水去世的消息，我才突然觉醒过来，仿佛这段漫长的等待有了最后的答案：校园、团结、热诚、暗恋都会随光阴流逝，这些最美好的故事都成了回忆片段；最重要的是，曾经有过一段肆意挥洒青春的过程，至于结局，试问还重要吗？

人生是一条岔路

日前阅报得悉，第十届精叻BB展又在威尼斯人酒店举行。今届展览内容丰富，多元化的舞台节目，为澳门小朋友提供了一个不错的表演平台。刚为人父的杰桦，自然不会浪费这个免费的亲子活动，因为他深深明白，这个展览会既可满足儿子的玩耍需求，又可满足老婆的购物欲，真是一举两得的好节目。

杰桦来电询问我有否兴趣一起去BB展凑热闹，看一下他儿子参加的竞步比赛。我想都没想就答应了。

在竞步比赛中，杰桦一岁多的儿子本可取得初赛第一名，怎知在途中杀出一个程咬金，一个突如其来的球，分散了他的注意力。这个球，犹如命运中的岔路。这小孩受小球影响，在赛道上徘徊不前，犹豫不决，最后败北了！

杰桦落力大叫儿子加油加油的情景，让我想起了美国著名诗人弗罗斯特的诗章《未竟之路》：两条路在黄色的树林间岔开，可惜我不能走两条路。这首诗描写的是一个人在森林里遇上岔路而踌躇不决的心情，暗示了人生的道路要靠自己来决定，最终走上正途或是逆途，都得自己承担后果。

是的，人生是一条有无限多岔口的长路，有的人徘徊在岔路口停滞不前，有的人则很快选择好方向。幸好，朋友的小儿虽然输了比赛，却选对了方向。看着他缓缓地走向他母亲的背影，真是温馨感人啊。

人性本恶

曾经为了让平日饱受别人故意破坏的车子能过上一些好日子，我决定搬出生活了二十多年的新桥区。当时即使很多亲人反对，我还是一意孤行做出了这个决定。无他的，男人嘛，视车如妻之余，也视钱如命，当你看到车子短短不到两天的时间内，再遭神秘人恶意"毁容"后，都不想再花金钱去维修了。与其再作无谓的浪费，倒不如离开这个龙蛇混杂的地方，到一处世外桃源过活。

不知道自己是否江湖武侠片看得太多的关系，总觉得到一处无人认识的地方，就能过新生活。至少邻居未摸清我的底细前，都会待我相敬如宾，而我也没有那么快便和人结怨。但是，江湖终归还是小说家虚构出来的江湖，在现实生活中，不管你搬家多少次，如何友善待人，如何礼让别人，仇家还是会自动找上门来。他们憎恨你的理由很简单，就是你太"靓仔"了。人与人之间的恩怨，就是从这个滑稽的理由衍生出来。

上周日，我停泊在停车场内的私家车无故再遭人破坏，第一想到的不会是反日热潮死灰复燃，"反日狂徒"再次出动攻击日系车辆吧。但想深一层，澳门人长期接受高等教育，人格、情绪各方面发展都比较好，应该不会做出这种坏事。孟子说，善心是人与生俱来的，但这颗善心不知会否随着这个混沌的世界变质了，变成人性本恶。

十七岁

前阵子，极喜欢听刘德华的《十七岁》，这个跟我在四个月后快到二十七岁的年龄无关。我爱听刘德华的《十七岁》的原因，全在于他这首歌的 MV 的确精彩。

《十七岁》MV 的开端已播着刘德华往日作品的经典片段，接着他要唱起来，莫过于少年时代的勇敢："十七岁那日不要脸 / 参加了挑战 // 后来……荣升主角太突然"。当你听到这么简单的几句歌词，大概会想到，在每个人的生命中，总是充满着机遇，同时亦存在着许多变数。有时候，文字的艺术就是能以那么简单的开场白，便可概括一个艺人从艺二十多年的热诚。这都是让人不断感动、不断落泪的故事。

十七岁，跟我们成长有着密切的关系。虽然我们人生中有许多事情都会被某个时期的自己彻底遗忘，但每个动人的印象，都会深深留在别人的回忆里。譬如在许多年后，别人会说起你的十七岁，即使以后不像刘德华那样辉煌，但在十七岁那年，你们也曾参加过篮球比赛，亦在比赛中获得过非常好的分数。

就是这样嘛。每个人都有他的十七岁。白先勇有白先勇说的十七岁，《蓝色大门》有《蓝色大门》说的十七岁，当然还有刘德华说的《十七岁》，至于这些曾经是篮球员又对篮球充满热诚的人，亦有他们的十七岁。而我们的十七岁呢？大概是属于睡眠和起床那种吧，没有什么特别。

二十年

这个星期每天回家后，我都会立即收看以前因工作而错过了的电视剧。屈指一算，已经有二十年没有像这几天那样，完全放开心情把整集电视剧从头到尾看完。这时，不知道从哪里传来张国荣的歌声，我心里竟然有种说不出来的淡淡哀愁。

在没有哥哥的二十年里，我看着许多好端端的人，忽然之间在我眼前消失，譬如早年的 SARS 事件，之后的印度洋海啸，再到近年的新冠肺炎。当我细心留意身边人的时候，或许下一秒钟，他们已经离开了这个缤纷的世界。人生来去匆匆，犹如旅行时坐在车上看窗外风景一样，只得一直在看，当回头细想时，所有回忆都是模糊而陌生的。这些年来，只有哥哥的声音像夜空的星星一样，一直在暗淡的世界里为我闪烁。

也许，没有亲眼看过至爱离去的人，才是世上最幸福的人。我觉得自己很幸运，没有亲眼看到哥哥离去。心里只有一堆疑问，却从未感觉到一丝的痛心。确实，别人的生命，我根本无法做主，即使亲如父子，我也无能力改变父亲固执的性格。他喜欢的张国荣走了，随后他也跟着走了。一个人的离去，多少也会改变大家原来生活的轨迹。

二十年了，如果《阿飞正传》中的旭仔、《春光乍泄》中的何宝荣、《霸王别姬》中的程蝶衣现在仍活着，不知道哥哥会否是《一代宗师》中的叶问呢？

心底的伤口

　　《2012 年度十大劲歌金曲颁奖典礼》已于日前圆满结束，林峰与容祖儿成为今届金曲奖的大赢家。每年一度的音乐颁奖礼，宛如中学生期末考试，大家都抱着既紧张又兴奋的繁复心情，等待老师派发成绩单。中学成绩平平无奇的我，什么也不怕，最怕这一天到来，因为我读书不是为了成绩表。

　　长大出来工作以后，我时时刻刻都设法脱离考试，所有需要参加考试的进修课程都不曾报读，因为生怕触痛心底早已结痂的伤口。这样说很夸张吧？其实一点都不夸张。特别是二十世纪九十年代，那个属于青年追梦的年代，同时也是最令人抑郁的年代。那时候的人的思想比较封闭，大部分人都渴望自己的儿子能升读大学，修读的学科最好是医科，因为他们觉得做医生最有"钱途"，而老师也带歧视的眼光看待选读文科的人，他们甚至一致认为，"读文科的学生没前途！"高中二那年，我活生生地给他们这句话判了死刑，自此心理不好，书读得再好也没用了。

　　其实，皮肤的伤口愈合了还是会留下疤痕的，何况是心底的伤口。关心妍失落十大金曲奖后扬言退出乐坛的决定，深深触痛了我的旧伤口。发神经的我第二天早上真的对着念小学的干儿子说："如果十二年学习生涯中，你拿不到十次第一名就退学吧！"干儿子驳嘴道："我读书不是为了成绩单！"

只是年代变了

前几天回母校探望师长，刚刚到埗那刻，站在校门口的校工竟把我认出来，而且还能很快地念出我的名字。虽然他的记忆力和四年前一样，没有多少改善，照样把我和某某同学的名字念错，可我还是很佩服他的辨人能力。

回到母校的第一件事，当然是四周考察一番。看看东，看看西，看看这几年间校内发生过什么事，增减了哪些校规。经过半小时的观察后，才发觉这里和四年前没两样，温馨的感觉仍旧可让我缅怀一世。

走到最高的一层楼，经过我们曾经为考试拚命过的班房，现在已换上了新装，曾经挂在壁报板上的运动会班际冠军的锦旗，早已换了一面又一面。课室内摆设的座位，很明显减少了。而我们俏皮地贴在班房门后的大头贴，仍旧保留了下来，可是我已忘记了当年是谁贴的。

篮球场非常热闹，校庆日的校友师生篮球比赛开始了。当时，我也有在场参与，只是与过往的感觉不一样，我们都长大了，面对着的老师亦不同了，脑海里突然浮现冯友兰先生论述康有为的话："康有为说过，他的学术和政治思想在三十岁以前就完全定了。所以，他从早年的先进人物变成晚年的顽固派。人们觉得奇怪，康有为为什么变了呢？其实康有为并没有变，而是年代变了。"

校舍至今没有改变，校服也没有改变，只是年代变了，我们再也找不回高中时代的快乐片段。

两件私事，一种爱恨

雅典奥运会将近，在报章上除了可读到许多关于今届奥运会各地选手的历年战绩的消息外，还可以读到一些他们的私事。现在是一个媒体爆炸的年代，若果一个大名鼎鼎的巨星，缺少了应有的绯闻，便会黯然失色。

前不久，有"女飞人"之称的田径好手琼斯因被怀疑服用禁药之嫌引来小风波，后经美国联邦人员调查证实，事件暂时稍微平息。可是，其前夫亨特怀着报复的心态，又将琼斯过往曾注射禁药的私事披露于世，使到今届参赛的女飞人增添了不少麻烦。

为什么亨特要将琼斯的私事揭露呢？据文章所说，是因为当年琼斯向亨特提出离婚，亨特心有不甘，于是便有了报复的心态。一般人都知道，当红的大人物只有他们的私事，才真正对他们构成压力。同样以揭发"私事"为主题的电影《罗马假期》，女主角都是引人瞩目的大人物，却有截然不同的结局。

《罗马假期》是这样说的，有一天罗马公主厌倦了宫廷的生活，偷偷跑到民间去，并遇上了一个刚刚失职的美国驻地记者。后来，男主角在一次偶然机会下发现了那个活泼且高贵的女孩，其实是因重病而停止所有政治活动的罗马公主。男主角因失职而生邪念，想把那个逃跑出来的公主在民间的私生活公之于世，以赚取高酬稿费为生。

最后公主的结局如何？她较琼斯幸运，因为那时候当记者的男主角已深深爱上了她，最终没有将公主的私事揭露出来。"爱之欲其生，恨之欲其死"，大概琼斯的不幸运，正因亨特不再爱她的缘故。

到戏院看戏的浪漫

十八年前，一上《大话西游》，周星驰和朱茵红极一时。而电影中至尊宝对紫霞仙子说的那句经典对白"爱你一万年"，后来成为许多不善言辞的男士在求婚关键时刻的撒手锏。

趁着春节几天难得的假期，第一次到银河 UA 戏院观赏等了四年才推出的周星驰新作《西游·降魔篇》。由于戏院设在酒店内，初来乍到有点不辨南北，但看到一圈又一圈的人龙时，方知道戏院在何方。新年期间，平日很少碰面的朋友都能在这里遇上，心情因此特别兴奋，仿佛忘记了自己上戏院，到底是为了看贺岁片，还是为了感受热闹的过年气氛。

二十世纪九十年代，翻版影碟风气十分猖獗，澳门戏院处于低潮期，多家电影院因此关门结业，至今只剩下永乐、澳门大会堂两家老牌戏院仍在役役经营中。记得读中学的时候，我非常喜欢约女同学到永乐戏剧看戏，散戏后再到旁边的摊子吃鸡丝翅，聊聊天，一天的假期就这样过去了。本以为这种属于记忆中的浪漫情怀，早已湮没于浩荡的盗版浪潮中，没想到 3D 电影的出现，令到空荡荡的电影院又一次高朋满座。

自从搬家以后，我平日都选择到银河 UA 电影院看戏，虽然它的门票比其他的略微偏贵，但胜在可以看到 3D 色情电影。对于热恋中的男女，不妨到那里看一套色情电影，情到浓时可到旁边的酒店房内继续谈情说爱，这是两个人宅在家中看翻版光碟所没有的浪漫。

看中医

复活节期间，去了广州一趟，与一班不常见面的老朋友吃饭，互相交换近况。由于好几年没见，大家都聊得特别痛快，最后答应了朋友的请求，留下来多住几天。

在这段日子里，由于吃下一大堆刺激性食物，加上每晚都唱Ｋ到天亮，结果睡眠严重不足，开始热气上火。回到澳门后，喉咙痛呀、牙痛呀、感冒呀一次过袭来，好不难受。

本来自己最清楚自身体质，平日已经尽量戒吃煎炸辛辣食物，但是得道高僧也有抵不住爱情诱惑的时候，何况是我等凡夫俗子。从广州回来后，我服了一星期西药，病情依然没见好转。有一晚，妻子终于忍受不了我的咳嗽声，着我明天赶快去找个中医诊治。当时我心里想，西医治不好的病，中医更没戏吧！

翌天早上便到妻子介绍的中医师那里看病，在经过陈医师的望、闻、问、切后，很快就了解到我的病情，开了三帖药给我回家煎服。这可是我生平第一次接触中医的经历，整体感觉还算良好。

回家后，我战战兢兢地依照药方上的方法煮起药来。首先用清水冲洗药材，去除灰尘后，以武火煮开石膏，在药汤滚了以后，再用文火煮三十分钟，最后放下薄荷便大功告成。其实，我到现在还未清楚这几帖药能否治好我的病，但是煎药时散发出的那股淡淡薄荷香，早已把我郁闷的心情舒缓了许多许多……

美女效应

市场转型，什么也以"美女"装潢，不论搞文艺、搞商业也好，近年来掀起的"美女效应"，确是盛况空前。常听朋友说这间酒吧没有美女不去，那间食店没有美女不去，免得浪费金钱。说来也真够意思了，刚刚在泰国举行的美后小姐选举，更是专为变性人而设的盛事，这些小姐娇艳妩媚，令不少男子都生起容我下世做个美女的念头。

这种想法并不奇怪，据资料所得，近年以"美女"品牌出现的什么内衣秀、模特大赛，以及旅游小姐等节目一箩箩出台，目的是使这些美少女瞬间蹿红，然后成为某广告牌子的代言人。听说这是市场学上流行的"美女经济"。这种现象，实质是将女性商品化，两者从中图利，达至双赢局面。

说起来挺吓人的，"美女效应"的迅速扩散，连国际网球大赛也有此创举。刚刚完结的马德里网球大师赛，打破以往惯例，起用女模代替拾球童。在美女林立的网球场内，运动员表示无干扰，还说非常欢迎，可见运动员的定力十足。朋友闻之，啧啧称奇。

这种"美女效应"的出人意表做法，体育界早已有之。早些年，文学界也曾有此盛举，在经济效益带动下，中国当代走出了不少美少女作家，再说近些，连学者孙绍振先生也要戏说"美女"，著有《美女危险论》一书，并获得不错的评价。

可见，"美女效应"如适当运用，亦可复苏某种低迷的行业，想起来也觉得奇妙。

时代记号

陈奕迅那首扮八十年代 MV 风格录制的新歌《重口味》，让我回忆起八九十年代的童年。

在半睡半醒间，我依稀记得八十年代初的澳门制衣业蓬勃，造就了全家皆工人的年代。那时候，我们家很穷，爸爸做地盘工的微薄薪金难以维持一家六口的生计。嬷嬷为了减轻儿子的负担，每天都会接穿胶花、穿珠仔的家庭式手作业回来，分给我和弟弟做，以赚取微薄的薪水来帮补家计。如果那个月撇开房租和基本开支后仍有盈余，我就分得属于自己的零用钱。

八十年代的玩意儿虽然简单，却乐趣无穷。有钱的孩子会玩波子棋、军棋，稍穷的我们会玩跳飞机、橡皮筋；上等人会去夜总会夜夜笙歌，像我爸爸这种下等人，则会与三五知己赤膊围坐在一起，吃吃喝喝谈发达之梦。

把自己的头发梳成中间分界，抄张智霖、许秋怡《现代爱情故事》歌词送给心仪的女同学，穿直筒裤出夜街扮"臭飞"……那时代的生活品味，我统统都尝试过了。这些成长中的重要场景和情怀，因为烙印了时代的独特记号，所以一直不可替代，留在记忆中挥之不去。

直至三十岁后与太太躺在床上看到这首歌的 MV，同时在酒精的刺激下，我真的以为世上有一种时光倒流的法宝，可以让一直怕老的自己回到过去。

消暑好去处

炎炎夏日消暑何处去？妻子提议到郊外绿油油的树林间，任由清风随意吹拂，或躺在青草地上欣赏一次落日，让孩子们亲身感受一下大自然。在车子里，没兴趣的干儿子额上冒着汗跟我说最佳的消暑好去处，就是留在家里叹冷气！

正值青春期的干儿子个子高大，可惜近来饮食没节制，吃多了又不做运动，结果未到我这个年纪已长胖了。为了不让他重蹈我的覆辙，我接受了妻子的建议，带他们到久违了的黑沙海滩游泳、看日落。

现在的黑沙海滩，已不是澳门人独霸的局面了。操各地乡音的内地人多的是，可见他们在澳门占了不少比例：外劳的，新移民的，旅游的。想起以前我到黑沙海滩，看到的差不多都是金发碧眼的外国人，特别是女泳客，她们婀娜多姿的身段，简直是沙滩上的一道亮丽风景线。今天旧地重游，想也没想到出现在我眼前的，竟是几个网红小女孩在打卡留影，真是十年河东、十年河西。

遇上这种情况，我不得不马上带孩子离开，避免入镜头登上抖音、小红书平台，但妻子却极力反对，她的理由是大家都来了，就尽情玩吧！干儿子没理睬她，跟我一起回到车上，只剩下小儿跟她在玩堆沙。在车厢里，干儿子非常不高兴，大声跟我说最佳的消暑好去处，其实是留在家里叹冷气！看来，长胖了的干儿子的脾气相当暴躁，有点儿像昨天我在新马路撞倒的那个美国死肥仔。

除了口号，没有正义！

说过不再谈布什，不谈不谈又说了整整四年。布什当选美国总统那时，正值是我的大学时代，课堂内外教授无一不谈布什。可想而知，布什的形象已深深植在我的岁月里，甚至可说他是那个时代的符号、号角手。

记得四年前的某一堂课，教授无端问起我们："如果你们是美国人，你会选择哪个来当总统？"我们静默无声，只有她孤掌难鸣地说："我会支持戈尔。"不过事与愿违，最后的结果往往令人如此意外。

重温四年来一幕幕的国际大事，不外乎是和恐怖主义有关的"9·11"、本·拉登、伊拉克战争、塔利班、绑架人质等等的血腥风情。四年，其实可以什么都没做过便过去；四年，又可以使身在水深火热中的灾民度日如年，他们每天的生活充满疑惑、不安，猜想"四年国难"到底何时了。

我们好不容易地和他国灾民走过"四年"的艰辛时光。在我们班里，有的同学顺利毕业，有的同学延期毕业，有的同学投身社会工作，有的同学继续升学；在他国，有的人质被砍头，有的人质被释放，有的当权者不仁，有的当权者完全不义……一切一切的缘起性空（causation），最后却归纳在当权者"错误的战争""错误的时间"和"错误的地点"的严重错误判断上。

四年后的今天，新一届美国总统大选将近，伊拉克人该何去何从？今后国际安全的处境又如何？一切一切都在诗人杨平诗集《处境》中有所交代。当今人类的处境，正是那种"千年又千年了／一代代趾高气扬的告诉我们：除了口号，没有正义"的口号罢了！

做狗的福气

每晚十一点过后，我大多留在家里甚少外出，近日因和某人熟络了，偶尔会约会一起外出散步。若不是自己亲眼看到，也不敢相信居住了多年的地方，竟已占了半数是狗户。

可能现代人的生活环境改善了，人人都可以养得起狗儿，这种被养的感觉，对狗来说似乎是种福气。谁都知道被爱的感觉好，哪有一只狗不想像英国的狗那般备受人们爱惜和重视。一个月前，友人从英国旅行回来，约会时带了旅行照给我们看，在同一个场景内，竟然以狗出现的数目、品种为最多，实是不可思议。

有关英国人和狗的笑话，我也略有所闻。英国人爱狗并非出于一时的流行，早于古代已极盛行，原因是他们认为狗儿值得人类尊敬，难怪当晚友人会笑着说一句英国古谚来："如果你不喜爱狗儿，那你算不上绅士！"假若我们都是英国人，不爱狗就算不上绅士了。也不知道什么原因，连近日从法国回来的朋友亦同样告诉我，法国人爱狗的程度也很疯狂，视狗为幸运星之外，单是狗的商品，已通街经营。我真的不知道从哪个时候开始，狗的地位已超然于人类，也难怪我朋友会说做狗好过做人。

但话说回来，在现今社会，到底我们做狗好还是做人好呢？大家心里有数。

坚持是一种浪漫

一年前，由刘欢、那英、庾澄庆、杨坤四人组成的中国好声音导师团，带给了我们无限的欢喜，同时他们的评价，也改变了很多参赛者的命运。去年夏天，我想是属于追求梦想的年轻人的，因为里面尽是他们的汗与泪。

时光荏苒，再细心观察生活的人，也会因为太细心而错过了一些最值得留恋的风景。只有念念不忘，才能对某种感情或某种事情有所坚持。如不是朋友告诉我，第二季《中国好声音》开始的消息，我又怎会察觉到"时间"这个孩子，任我如何了解他、捉紧他，只要一不留神，他还是会静悄悄地溜走。

因为念念不忘，才会有以后要发生的故事，这是《一代宗师》里面宫二与叶问的缘分，也是我遇见杨坤与庾澄庆的缘分，如果不是他们，我又怎会再次留意这个节目呢？人生啊，必须对某事或某人有所坚持、有所怀念，才会活得更好更实在，即使是一份破碎的感情、模糊的感觉也好。

我对爱过、恨过的人从未忘却，因为我一直以为，未来出现在我眼前的每一个人或影像，都是他们的化身。事隔七年，世界早已变了模样，陆奥雷依然是陆奥雷，我还是我，如果不是他对我念念不忘，恐怕不会有今天这个"写作是一种坚持"的讲座出现。在这个变幻万端的花样世界里，能够跟他一起坚持写作、坚持同一浪漫生活模式，我想再无情的岁月，也会为我们鼓掌。

理想书店

爱书之人大抵都幻想过开一间书店，特别是文人雅士，这种意识比谁都要强烈。梦想中的书店，面积不需大，但要简约，明亮，别有异趣。摆放自己喜欢的书类、播放自己喜欢的黑胶唱片，栽种自己喜欢的小盆栽，养一只温驯的猫，让人一进来，就能感受到这小小房子弥漫的诗意。

一座城市独特与否，大都取决于它的书店。好的书店，必定有淡淡的墨香，让逛过的人日后到哪里，都会想念起这座城市。例如台北的诚品书店，澳门的边度有书，以及香港的乐文书店，它们都透着各自城市的独特文化气质。

近日，台湾诚品书店在香港铜锣湾开业，由于书种较多元化，成功吸引大批市民到场买书、看书，一时间非常商业化的铜锣湾都变得越来越有书卷味。台湾诚品书店，算是华人地区经营得比较成功的书店，但与日本大阪道顿堀的那间TSUTAYA书店相比，其实又差了半截。

这间TSUTAYA书店面积不大，却有一边是星巴克咖啡，让书迷喝着咖啡阅读，感受不一样的文化氛围。这间书店的书类繁多，从流行杂志、色情刊物到世界名著，一应俱全，我和几个日本男生在那里看了一整个下午色情杂志，都没遭人白眼。这种自由阅读的精神，不可能指望靠一间书店来推动。

章回小说

在一个月黑风高的晚上，少女迷路于森林中，正当她寻找到出口时，竟巧遇冷面杀手正把仇人就地正法。大量鲜血汇成血泊的情景令少女失魂落魄，刺耳的尖叫声划破寂寥夜空，触动了杀手的神经。这时候，经典的台词要说出了！正当儿子听得异常雀跃之际，突然被太太的喊话乱了气氛，我便告诉儿子，欲知后事如何，且看下回分解，匆匆跑入厨房帮忙做菜。

小时候家里很穷，父母在外头工作，我们只好靠着外公住在偏远的乡下。八十年代的中国，普遍的乡下人也过着日出而作日落而息的生活，我们夜间唯一的消遣活动，便是跟着外公在后花园纳凉，与邻家的小孩玩跳飞机。

外公一边摇动扇子，一边说起故事来。他为了吸引我们前来细听，总把不太好听的故事说得眉飞色舞，又在紧要关头打住，之后便着我们早点回去休息，明天再来听。《西游记》《水浒传》《三国演义》我们通通听过了，但没有一个故事能完整听毕。长大以后，才知道这种令人欲罢不能，一直想追听下去的故事叫章回小说。

现代都市的爷爷奶奶，一整天忙于打牌或吹牛，都没有闲情逸致与孩子说故事了。今夜，我与儿子说起武侠小说。循着故事的脉络，我仿佛回到了乡下的旧花园里，那儿有许多小孩围着外公，要他说《金瓶梅》。这时外公微微一笑道："你们真坏啊！"那段岁月，真叫人一世难忘。

奥运会情怀

伦敦奥运会开锣，喜欢看体育节目的观众，都会挨夜捧场，他们不分种族、国籍，只要运动员赛出体育精神，即使是包尾大幡，都会予以掌声支持。

奥运会于我的印象，最早从父亲口中得知。父亲是一位曾在"二战"时受过日军欺凌的中国人，他每每在奥运会举行时，都和我们兄弟俩说，奥运会除了比台面上的奖牌数，更比台面下的政治与经济实力，中国要富强不能再做"东亚病夫"了，就必须在体育竞技中展现力量。

我最有记忆的奥运会，应该是 2004 年的雅典奥运。当年，父亲看好刘翔这个运动员，说他将会是中国的英雄。结果真的如他所料，八月二十八日这一天，几乎所有中文报章，都用刘翔那几个经典跨栏的画面作为头条报道，父亲也为此高兴得彻夜不眠。

今届奥运会开幕礼那夜，有网友在我的微博上留言：新一届奥运会你将与谁一起看呢？我想了一想便回应她，奥运会是一种情怀，今年奥运我不打算看了。她立即追问我原因，我没有回应。

八月八日，刘翔在男子 110 米栏预赛中意外摔倒出局，如若父亲仍在世，他一定会激动地和我们说："中国人在哪儿跌倒了，就从哪儿爬起来。"或许，刘翔尚且可以，但我的父亲不能了。

意大利的哲学

今年世界杯，太多集体记忆中的人退场了。四年前简尼的无奈，到四年后的今天简尼的郁郁不得志，我们见证了什么？世界杯结束后，经过一段时间的思考，我才感到历史是由人去改写的这件事。球场上的人需要激情，然而九十分钟的人生，是否真的需要执着于进取呢？意大利告诉我们：消极的踢法也可以捧杯，这个世界没有什么不可能的，不一定积极才能成大器。消极的人生，消极的做法，也有其通向成功之道。

虽然这样的过程难免让观众、球迷有所抱怨。只是对于一些人一些事，我们又何必执着于一种态度，一种手势呢？何况他们的终极理想并不是要去取悦球迷，终场哨子声一响，他们得到的不正是最初想要的东西吗？所以说，人生匆匆，真的要每样事都做得那么好吗？大概稳守也是一种处世的哲学，有必要那么完美吗？世界杯结束前，球王施丹便用了一技"顶心口"头锤证明了，人无完人，世界早已是不完美的！

世界杯结束以后，一切生活节奏恢复平静，事情总是会过去的，一个月的彻夜不眠总算要结束了，真的要好好重新习惯早睡的日子，也尽快把与足球有关的一大堆无谓的思考抹去，足球其实也没什么哲学不哲学的。

酸辣回忆

从前女友爱吃辣，所以每逢周日都与她北上，到拱北街市附近的小店吃味道浓郁的四川酸辣粉、水煮牛肉，之后再到文华书店内看书；当年的小情侣约会，在今天年轻人眼中，应该很老套吧！

记得九十年代末，中国经济高速腾飞，外省人涌进珠海找工作，发廊、按摩店如雨后春笋般一家接着一家开，每次路过莲花路一带，总是被操着一口普通话且打扮入时的妙龄少女主动上前拉着我的手，软磨硬泡地求我带她们去开房。如果我缺乏自制能力，又与猪朋狗友同行的话，就一定会迷失于向西村上春树的"东莞的森林"中。

虽然夜晚的莲花路是男人天堂，但日头的则是美食天堂。外省人南下谋生，也带来了他们的风俗习惯以及饮食文化，当中的酸辣粉，由于价廉物美，深受澳门人喜爱。因此，当时做卖鞋生意的商人，也改行做饮食，一时间标签着"正宗"四川酸辣粉的食店开至成行成市，成为珠海最流行的小吃之一。

但凡美食，经过大力宣传，都难逃素质变差的宿命。当吃四川酸辣粉的狂热由拱北吹到澳门，吸引食客一窝蜂涌来时，传统小店因客人太多而导致人手不足，食物水准越做越差。即使现在人们不须北上也可品尝到各式的酸辣粉，但是味道已经不是当年的了。

五一黄金周期间，我与太太北上寻食，希望能寻回当年拍拖时吃过酸辣粉的小店，可是太太却一再强调不要过境，因为她害怕外地人涌入拱北口岸的同时，会把 H7N9 带进珠海。

诺贝尔奖是门生意

著名作家莫言不负众人所望，勇夺今届诺贝尔文学奖，成为史上首位获得此项荣誉的中国作家。随即掀起的"莫言风潮"，以迅雷不及掩耳之势来到我们的生活里。短短几天，我已收到不少朋友送赠的莫言书籍，也有朋友在电话里告诉我，内地的书店推出了莫言专柜，书店老板随时候命，等待另一个"十月黄金周"的到来。莫言得奖，中国人欣喜若狂。

昨天，在内地书店工作的朋友跟我说，如果你有莫言的书，特别是处女作，记紧收藏好，它将比龙钞更值钱。她又说现在洛阳纸贵，莫言的图书全涨价了，但都被抢购一空。我笑问她，那村上春树的书好卖吗？她即以鄙视的语气说：你真没品位，现在不流行村上了！诺贝尔奖的魔力，完全展现于获奖前后的巨大落差之间，或许这现象，也是莫言小说里的一个重要的中国生活场景。

莫言得奖，微博上也热闹。网友普遍有两种说法，一派倾向于中国作家得诺贝尔奖是场政治阴谋，另一派则说是对中国文学的肯定。其实当中还有第三种说法，就是有人以作品论支持莫言得奖是巨大的影视商机。他们称赞莫言小说敢写中国人之愚丑，外国人、香港人特别喜爱，商业价值将无从估计。人气高自然成为各项商品代言人，潦倒一生的读书人，从来没想到作家莫言，也是一门大生意。

选择

新年之后，我完成了大学第四学年的最后一次选科。由于今年是最后一学年，所以可选的科目都较往年丰富，上课安排的时间也比大学一、二年级时轻松。今学期选到自己喜欢的学科较往年的多，绝不像从前为了争取多点分数，而胡乱选读一些自己不太喜欢的科目。

挤进电脑室选科的人群，看过去像个压缩了的 M 城，你必能在里面找到些熟悉的面孔出来。看到同学们快速登录电脑的动作，和为了选科而伤透脑筋的样子，你会相信平日懒洋洋的他们，也有认真的一面吗。

但话说回来，我每次选科都比其他同学笨拙。在选科之前，我必定预先打听哪科好读，哪科不好读才做出最后决定。有时候因害怕自己应付不来，而在选科日前后失眠。

今年六月，我要毕业了，到了今天才明白到人生处处都是选择题。在念中学时，要选择将来升读哪所大学；上了大学后，要选择每个学年要修读的学科；而在今天，将要踏入社会，又要选择一个适合自己的工作环境。

人，就是在每个选择的过程中成长。当中，你会得到一些智慧，又失去一些时光。

简单的晚餐

我想很多人都有这样的经历，去吃自助餐的时候，遇上了久违的老朋友，因为有太多生活琐事和工作上的不如意要跟她聊，结果错过了琳琅满目的美食。

提到吃自助餐，男女老少都喜欢。如何在有限的时间内选取自己感兴趣的食物来吃？这条选择题不是人人通晓。肚子那么小，如何能装下天下美食？常听吃自助餐的食客说，专攻贵价品，大吃生蚝、三文鱼、鹅肝之类，就已值回票价了。

曾几何时，我为了让肚子能容纳更多的食物，试过不同食客的建议，例如不吃早、午餐，在吃自助餐时不喝冷饮转喝热茶，不吃饭面肉类只吃生冷食物等层出不穷的怪招，为的只是付了几百元不想蚀底。结果吃得过量导致肠胃炎，医药费加上晚餐费，赔了夫人又折兵，才明白健康比口福更重要。

上星期六到香港逛街，晚上约朋友吃饭，他见我拿不下主意，便提议一起去吃放题。香港的日本放题每时段都会有大优惠，越夜吃越便宜。这种优惠，成功吸引不少市民挨饿等到九、十点才排长龙轮候进场。当我看到这条长龙时，竟然食欲大减，肠胃炎的惨痛经历立即浮现脑海。最后我们选了一间西餐店，点了两碗牛尾汤，一碟杂菜沙拉，看着日本料理店前那堆大乱的人龙，听着爵士乐，享受了一顿简单的晚餐。

旧工人球场的篮球梦

《黑子的篮球》是去年冒起得最快的漫画，相信大部分漫迷都觉得此漫画是继《男儿当入樽》后，另一套令人疯狂的篮球漫画。最近，有漫画迷拿两部作品在面书上讨论，两派粉丝各执一词，支持自己喜欢的作品。

在这里说篮球，便让我回忆起曾经带给我们无数梦想的九十年代，那时候正在读中学的我，跟其他同学一样，每次进入球场，都会把自己幻想成球神米高佐敦，或篮板王洛文。一个假动作运球上篮得分，然后场外女生尖叫声四起，这种满足感是考试成绩第一名的同学无法体会的。年轻人血气方刚，打篮球的目的一半是为了强身健体，另一半是为了得到女同学青睐，因为喜欢打波的男子，都渴望身边有一位长得像晴子小姐般可爱的女朋友，也渴望像樱木、三井寿一样，身上流着永不易败的热血。

从前在水坑尾祔近上学的我，每天放学都去工人球场练波，可惜这个载满我青春汗水的地方如今已不复存在。当时迷恋篮球运动的我，每到周六的课外活动堂，都会四点摸黑起床，约好其他校的波友爬过铁丝网潜入工人球场内练波，因为"入侵"的次数太多了，七点才来开门的阿叔看到汗流浃背的我们都见怪不怪，还关心地问候我们吃了早餐没有。这份情，随着波神退役、工人球场搬迁后，一直不敢或忘。

赞

朋友 H 君的父亲近日离世，心情低落到极点，从她脸书上看到一张刚上传的落泪照，才察觉到平日常逗人开心的可人儿，原来也有悲伤的一面。对于亲人过世的事实，谁都没能力去改变，唯有以乐观的心态面对才能走出阴霾。本想打电话给她说些安慰的说话，但最后还是在她脸书上给一个"赞"了事，仿佛现在的人，都喜欢以这种生活方式维系着。

在脸书还未流行的年代，遇上朋友的亲人离世，我会打电话过去安慰对方。当电话接通后，先听到一阵令人心酸的哭声，接着在简短的对话中，鼻子不由自主地酸了起来，心里不禁有些失落，这刻的我，便会想起自己也曾是过来人。从前的悲哀与今天的平静，经过多年以后，心仍是一般的脆弱。

现在人们热衷玩社交网络，无论大、小事情，都习惯在脸书上抒发己见。我越来越觉得这个城市很冷漠，明明近在咫尺之间的人与事，都要兜几个圈寄情于网上，而寻觅的不是亲人好友的慰藉，反而是虚拟网友的几个"赞"。在强调人情味的今天，脸书上随意按下的"赞"，早已取代了电话里的亲切问候。人生处处有别离，特别是这个年代，如果有得选择，我还是喜欢借朋友的肩膀大哭一场，总好过有些人离开了，一切都"赞"得太安静、太若无其事。

舌尖上的澳门

澳门申遗成功以后，吸引了不少外地人游澳门时，对历史文化的关注。而说到澳门文化，除了赌场文化外，便不能不提融合中西特色的饮食文化。

古往今来，不论东方还是西方国家，饮食一直都是人类生活的重要环节。在中国，无论喜庆或是丧事，人们在最后都必须聚集在一起，享用一餐晚宴作结。由此可见，饮食对中国人的重要性。澳门地处岭南最南端，海产丰富且名目繁多，食品的来源丰富，又有特殊地理环境和历史条件，因此在饮食文化上有相当的要求。

虽然澳门曾被葡萄牙人管治，但中国菜式并没有因此消失，反而与葡萄牙人的各种烹调方法混合，形成了一种全新的饮食文化。例如澳门有名的中式食物有白石咸鱼和青洲蟹，其中白石为地名，现属于珠海市。因澳门地处珠江三角洲，海产特别丰富，而用海鲜盐腌或生晒的食物，风味独特。澳门特产的青洲蟹，更受不少文人歌颂，"蟹到青洲识酒香"，便是形容青洲蟹和美酒的极佳配搭。

由于西式咖啡店及各种美食兴起，以及年轻一代宁愿吃汉堡包也不吃叉烧包，澳门老食店渐渐式微，已牵连到桃花岗。前些日子，人们都喜欢用"集体回忆"去缅怀一些充满记忆却又早已消失的建筑物。而小城的蟹粥、炒虾球、鱼头煲、云吞面等传统美食，并不会因时间而消失，因为它们见证了我们这代人的成长经历。我们必须尽力去保留，不让这些菜式失传。

卷六　在等待与到来之间

书柜里的回忆

买了新的书柜后，我小心翼翼地将多年前收集起来的书放进书架上，而这时每本书都令我有所感慨。就好像遇见多年前的你和沉积多年的情感，如今终于可以浮现水面，各安其位，整整齐齐。

其实为这一堆书籍购置一个书柜是许多年前的心愿，可是当时由于自己没有确定是否还有兴趣继续阅读下去，于是便只将每次购买回来的书籍，随随便便放在家中一角。或者，在这段时期的我，阅读只是心情不好的一种需要；而和你谈恋爱，亦可能只是心情不好的一种需要。

决心为你的书籍购买一个书柜，只为了我俩过去的情感增多一个栖息之地。如果你今天仍喜欢到我家里睡，你必定可以看到我在你离开之后，依赖着书本寄托下来的心声。你还会看到一些刻骨铭心的诗句，这是我当年节录下来，想念起你时的心痛记录。你会像当年一样喜欢翻阅这些书吗？有时候，我觉得阅读是一次痛苦的起始，也是一次痛苦的终结，仿佛整整六年间的爱恨得失，都不能尽于一本书里彻底表达。

今天，我终于整理好亦看清楚书柜里收起来的书了。都只是一些诗集，也是只有你才会喜欢的诗集。而这类书籍给我的，绝非是那种可从历史和经济类书中所获得的情感回忆。

今晚，我只能为你

今晚，我只能为你写一首短短的诗。

白色的雪已降到我们梦里，储备在梦里的温度骤然下降到北极的冷，于是我们看到企鹅从背景后活动起来，一排排整齐地站在我们眼前。你看到如此梦幻的场面会想起几米《地下铁》内的一页页辽阔。是的，亲爱的，因为爱你，所以我在梦里调节到近乎全白的场景，让你进来，世界从此就不黑了。我的心，可以让你坐在整片天空上，静静地折星星和月亮。

今晚，我只能为你写一首短短的诗。

我们的灵魂是快乐的，以左五下右四下的拍子跟着落叶的旋律跳舞，然后我们一起，如网，在海边收获秋季。有许多美丽的贝壳藏着远方的故事，和如水般的宁静。我们可以拥抱，可以互相把秘密写进秋天的树内。我们的吻，在秋天里如坚韧的根，往往不会痛苦，或死亡。

今晚，我只能为你写一首短短的诗。

我最渴望和你走一段路，一段很有诗意的路，譬如华尔华兹的散文。在无星无云的夜里，我们来到世界最安静的一方。我们用沉睡的星子嬉戏，每个人站在我们身边，却永远认不出我们的样子。这时，我们被风吹起，即使失去了地心的感觉，也不再重要了。

今晚，我只能为你写一首诗，一首短短的诗。

像你刚刚醒来，张开双眼时，在梦里所看到的遗忘。

在等待与到来之间

那是一个极寒冷的下午，街上空无一人。

收集好异地的地图、生活用品和钱币后，我还会带上一本《时刻如此安静》，等待列车到来，准备远行。车子开了十个小时，我好像在一条一条高速公路上交换了许多个日夜。沿路的风景不断为我带来慰藉，一个人在长长的旅程上，偶尔看到手机内的时间和听到车厢内播放的音乐，好像在这段时期内旅行，只为了某个人。有些时候睡着了，醒来却发现自己不知身在何方。

等待，是一次又一次离别后养成的过瘾坏习惯。尤其在下午，如果一个人为了等待某人，而站在陌生的街道上时，第一眼渴望的是遇见某个熟人来。当我到达机场的出入口处时，四周已充斥着浓厚的分别与回来的气氛。我慢慢地往下一层走去，一个人坐在冷凳上；等待，让我变成了静物。

感到累了的时候，我便站起来望着大型报告板，听传播员努力地复述每班机到达的时间和祝福语。一个个陌生的背影在我身旁出现，一时间总觉得他们与我是似曾相识的，好像与我有着共同情调的陌路人。

七点二十分，出口处的标示器亮起又熄灭，看着一个个带着笑容的人走过来又散去，我总希望人群中有一个是你。可惜，到了最后也没有你的踪迹。仿佛整个喧嚣的广场静了，心情失落了。在等待与到来之间，我常常望着荧幕上跳动的班次，时间在不知不觉间，又让我睡着了。

当最后一班机到达的时候，我大概还在梦中，看着穿白衣的你，静静地走近我身旁，轻轻呼叫我的名字。这时，我突然想起李宗荣的诗句："你走了，我倦了／而我也老了／逐渐学习对你的背影弃守／让他嵌在天空中／最不会令人流泪的角落"。

我知道，你的行李将不断加重，又正向着新的目标出发。

我知道，在分别与到来之间，只有当我们渴望相聚时，才会加深下次等待的意义。

我知道，人生是由无数次的遇见组合而成的。当我们再次遇见的时候，可能是一个故事的结束，也可能是另一个故事的开始……

男孩的失恋治疗法

当你和一个女孩相爱了十年，尤其在你们爱到"天地合，乃敢与君绝"的地步时，突然她要求和你分手，不再爱你了，你会怎么办？

可能你很聪明，早就从她的言谈之间推测出她的意图，所以在分手之前还可以做点准备，尽力将受伤的程度减至最低，然后大方地对女孩说些祝福的话。我想，这么清醒、理智处理感情的男孩已极少了。

爱情并非什么高深的学问，但从来也没有简单过。任何人都可以参与其中，任何年纪都可以从中获得激情。甚至有人说，爱情如围城，人们一时想进去，一时又想出来。就是这样，当我们满怀信心要和某女孩谈一次天长地久的恋爱时，爱情的阵法就在我们之间产生了。

有些人在爱里兜兜转转数十年后，才发觉原来她爱你只是这三天以来的事。

有些人在爱里兜兜转转数十年后，才发觉原来她不爱你已是十年以前的事。

于是大家因爱不爱对方，在分手时弄致遍体鳞伤。

每段爱情的结束，男孩都是不理智的，亦是最不能清醒地处理他自己的情感的。最后，他们还是会接受自己编造的故事来自欺欺人。这样的失恋治疗法，不知你们有否听过？

并不是男主角不再爱女主角，而是女主角的伤风已经痊愈，女主角不再打喷嚏，亦不再流鼻水了。那么，男主角只好慢慢返回到原本的位置上，已不再被女主角需要了。

　　或许，只有这样的失恋治疗法，才可以让我们这群天真的男孩真正清醒过来。

取悦爱人的方式

自从手机短讯流行以后，我已经甚少或几乎再没有听到痴情男孩利用书信的形式去打动女孩的芳心。听我周边的朋友说，每当想起爱人时，都会立即发条短讯去问候对方。他们认为写一封冗长的信，总及不上发条短讯方便、快捷。

可能是这个原因，他们的爱情每次都很快完蛋，远远不及我的另一位朋友乔捷有型。乔捷是一个很懂得制造浪漫的人，他和 IVY 已经相恋一年了。虽然他们终年分隔异地，但能彼此维系着感情，而且越来越好。我曾经和乔捷开玩笑，说他是"情场圣手"，但事实上，并不是他有什么魔力吸引着 IVY，而是他能每天都踏实地给 IVY 写一封信。

天天向情人说内心话、真话，是最神圣、最感人的事。就像徐志摩在《爱眉小札》中那些充满温柔的情书，不顾一切地去赞美心中的宝贝陆小曼一样，这种浪漫的爱和信念，自然最能取悦女人。

我在想，乔捷每天付出大部分时间给 IVY 写信，这样的行为是一种对情人最真诚的表现。正如罗素在《婚姻革命》中说的一样，浪漫的爱的本质在于把爱的对象视为一种极难得而且十分珍贵的东西。因此，人们需要付出极大的努力去赢得所爱的对象的爱。用诗，用歌，用武艺，或用其他所能想到的、最能取悦女人的方式。如果一个男人毫不费力地得到一个女人，那么他对她的爱，是不会采取任何一种浪漫方式的。

对于 IVY 来说，乔捷是浪漫的，他总会不顾一切地用他的方式，去取悦他的女人。

秋色，穿过一座城市

从前甚少外出，对于 M 城的面貌，只可依赖折叠在小地图上的纵横经纬获得。自从懂得开车以后，发觉 M 城的交通灯颇多，以南湾湖一带为最为繁密，每行上四五秒，便要停一次。

十一月初，阳光在一场微雨中进入了秋分。沿路的树叶因动情而变得绯红，休憩的男女坐在海边，翻开了一页稀薄，陶醉于昏黄色的爵士乐中，沉沉入睡。我只是个旁观者，或哀歌的创作者，坐在 e-cafe 内调节杯子湿度。有阳光倾斜的海岸，海鸥继续捧读回航的港澳客船；忧郁的海洋，不时发出蓝色信号。这时，一片枫静静地告诉我，十八度的低温很适合做梦和旅行。

M 城那么美丽，壮大的秋色从打开了的伞里流出了眼泪，我突然想起你的名字，亲爱的 9，一如忧伤预期，在十月尽头出现。自你离开以后，伤感令我的脑袋变得强健，深夜觉得孤独，熟悉的感觉像前生读过的巨大典籍，随口可以背诵。最后，连灯连夜一起关掉，把呼吸放在微弱的字行间，一呼一吸地跳起一行行舞来。我想起，二十岁时像隧道般孤单的聂鲁达。

许多个下着微雨的夜晚，亲爱的 9，我穿着你亲手用诗织的围巾，开着印着 98 字号的车子，朝着 M 城亮起许多绿灯的地方而去。我们的故事，经过几个世纪以后，如落叶般再降到陌生的路上。

　　秋天来了，绿灯亮起了整座 M 城。一阵伤感的雨，已通过你消逝，我已绝望的内心广场……

　　亲爱的 9。

要结婚了

今年三月，我的干妹妹要结婚了。当我听到这个消息后，还以为她和我开玩笑，后来她发了帖子给我，才知道原来是真的。

上星期天，干妹妹约了一班朋友出来，聊了许多事情。她说，我们好像和四年前一样，没有怎改变过。除了样子没有改变外，连感情也没有改变，所以今天我们仍然可以聚在一起。

妹妹是最关心我的，即使她平日工作多么忙碌，总会给我打电话，问问我近况如何，身体如何。说起来，我们已经相识四年了。聊天的时候，我问了妹妹一个问题：你还会爱四年前那个不爱你的男孩吗？她很直率地对我说：当然没有。

如果四年前那个男孩接受了妹妹的爱，那么妹妹就没有今天的幸福了。听了妹妹说的一番话后，才明白到爱情绝对是两个人的事。如果有一方不爱对方，自然这段感情也不会发展起来。在不久以前，燕仔曾经介绍了我看保罗·科尔贺的《牧羊少年奇幻之旅》。虽然这本书只讲述牧羊少年为了实现梦想而不断努力的故事，但深层意义却是说明了一些人与人之间的奇妙关系。这种奇妙关系可以称为"缘"，或者"天命"。当一个人偶然遇上一个人时，故事就会发生；然后当这个人离开了那个人，又再遇上另外一个人时，故事就会改写。妹妹的生命刻度，就是在每一刻的追寻过程中产生出来的了。

今晚，我看着干妹妹的喜帖，想起了许多事情。一个人静静地躺在沙发上，听着何韵诗的《沙》，无聊地跟着唱起来："过去我已在这里，但太小未被在意罢。"不知道那个曾经不爱我妹妹的男孩现在怎样了。

原来这里没有你

"原来这里没有你，原来世界没有那么美。"在你离开以后，我不停哼着这首歌。

每次你离开的前后，我都会听到一些非常忧伤的歌。

今天早上，我在车厢里见到你这一刻，好像听不到你说的每句话，世界安静得只余下我俩。

我们在机场里吵闹，其实我是故意顶撞你的，想多看你生气或晦气的样子一遍，毕竟今天以后，我就不能常常和你吵闹了。所以，我们快乐的时光和悲哀的时光，也要珍而重之。我喜欢你生气的样子，我亦喜欢我哄你时，过分投入而变得笨拙的样子。这是我们相处的方式。

看到你已经离境了，我还停在远远的角落望着你的背影，之后我尝试走近禁区呼叫你，可是你却听不到。当时，我想起朱自清的《背影》，不知他的滋味又如何。

亲手送别自己最爱的人，是人生中最残忍的一幕。和你的家人回台北时，车外下着大雨，我在窗里看到自己，而你的身影却已消失了。到达西门町，我一个人吃饭，一个人去诚品书店看书，依旧找不到你所说的那些电影书籍。后来才发现，原来你不在这城市里，即使我走多少遍，依旧找不到生命中所需的意义。

在地下商场为停留一会儿，窗外天色一片灰暗，觉得自己孤独一人走走停停，掌心很冷，其实内心更冷。五点三十六分，我独自一人坐在咖啡店内翻阅周梦蝶的《孤独国》，好像一只孤独的狼，流放在洪荒宇宙之中，找不到一点光。

爱你是我的需要。我和你的距离，如今或许已成天上的星星，虽在同一天空下，但已成两极。开着车子回家，世界变得不再喧嚣了，内心非常平静。车子在红灯前停下，街灯已亮，雨还绵绵下着，突然脑海中有了这些诗句："自你离开以后 / 我成了一盏灯 / 在辽阔的马路上照耀着 / 思念和等待一样，没有被大雨打熄 / 却又湿润了 / 每个没有你的黎明"。

路是有心人走过来的

曾有一位男诗人在失恋时这样写道:"爱情的开始,我就养了一朵云,去代替我的落泪。在雨天,你可曾被我打动过?"

确实,对于我们这些痴心男子来说,在渴望得到爱情之前,还是需做点功夫才比较安全。毕竟,男孩子在爱情里受了伤是无人理睬的。当你决定和女孩谈恋爱之后,你每天都要像气象局的研究员一样,时时刻刻面对着她的情绪高低变化;若然处理不好,很可能在第二天便要面临分手的准备。

牵手,放手,放手,牵手,仿佛我们整个爱情人生就是在这两个动作中完成。难怪张爱玲会认为"执子之手,与子偕老"是最悲哀不过的诗句。张爱玲觉得悲哀的不是诗句的本身,而是这个时代已不适合这种执手之后便与子偕老的观念。

近来,我身边的朋友常常抱怨说,为什么经历了这么长时间的爱恋,到最后还是要分手收场。有些朋友会这样安慰他们说:"随缘啦!"而有些朋友则这样说:"命里有时终需有,命里无时莫强求。"似乎这些他们听厌了的安慰说话,现在已不能大派用场了。

如何抵达爱情终点站?如果路途中的人无心,即使牵手一辈子,也是无法到达的。周梦蝶曾说:"路是有心人走过来的。"爱情嘛,该由"心"开始。如果大家只懂牵手而不说出心里的共同信念,即使可以白头偕老又怎样呢?不过是白走一条枯燥乏味的道路而已。

逛超市

每天下班后，我都会与太太一起逛超级市场，希望能够舒缓一整天在办公室内工作的紧张情绪，释放一点压力。而那些摆放得井然有序的各种特价食品，都怀着一种准备被主人带回家的心情，欢天喜地等待着离开这个冷寰的鬼地方。

记得前度女友很喜欢逛超市，我们每次的约会都异于常人，一般人会去看戏、唱卡拉 OK，或吃日本菜，而她却喜欢到超市或到海边吹吹风和看书。有一次，我忍不住问她为何那么喜欢与我到超市购物，直到今天，我仍清楚记得她那刻给我的答案："跟你逛超市特别温馨！"就是因为这句话，让我对她爱得死去活来。而从不喜欢逛超市的我，也慢慢喜欢上了。有一段日子，我每到一个城市，都会第一时间跑去超市，不是为了"医肚"，也不是为了打发时间，而是为了寻找那个城市的特色食物，带回去送给她，让她也能感受到我的幸福。

已经许多年没有再与她见面了。后来在一次朋友聚会上，得知她当年不辞而别的原因。原来当年她无法再忍受家中酗酒如命的父亲虐打，独个儿跑到韩国去升学。那夜，我多少也明白"与你逛超市特别温馨"的真义，其实，这是你释放压力的一种方式而已。

有一年，我真的尝试到韩国找你，走遍了你居住的城市的超市。在一个寒夜挤满了人的乐天超市里，我遇见了一个长得非常像你的少女，这刻我突然感到很温暖……

园游旧事

今年，我终于鼓起勇气来到明爱园游会，一个人站在灯火阑珊处，少不免又沾上几分伤感往事的感慨来。

所谓往事，就是不断在追悔青春时所留下的痕迹。说起园游会，记忆所及，已迁移过多个场地了。我念中学时，大多集中在工人球场内举行。记得当时我们还是十七八岁的少年，别人喜欢把终日活跃于球场上的我们称为"波牛"。而我们平常都习惯每晚放学后到球场里打球，减轻读书的压力。由于学校近工人球场，再加上校内无任何活动设备，所以工人球场就是我们每天放学后必到的地方。现在，工人球场已搬迁，至于每年在工人球场内举行的园游会，亦遭同一命运，随之迁到文化中心附近的一块空地去。

其实，我不太习惯在热闹的地方聊天，也不喜欢重游旧地，因为害怕会勾起生命中的种种回忆，或思念起生命中某些被自己遗忘的人。特别是每年举行一次的园游会上，独自一人穿梭于熙熙攘攘的人山人海里，双眼茫茫，已花不起任何力气去记住身旁擦身而过的人。这刻的心情，或者只有阿 Moon 才能理解。我像阿 Moon 一样，一生渴望被人遗忘，多于渴望被人一眼认出。

再游园游会，已经是三年后的事了。三年前和我一起结伴同行的中学同学早已各散东西，当中有死去的，有移民的，也有结了婚的。在漫长的人生里，能够和最爱的人聚在一起，参加一些派对，实在是一件难事。老生常谈是：珍惜眼前人，及时行乐，可是当自己身处其中，又是另一种状况了。

　　随着工人球场、园游会的迁移，我们的年轻时代早已告一段落。来到今天，我不多不少都能在年轻人的微笑中，看到当年的某些人和发生过的某些事。我真的很恐惧未来，到底自己能否再有勇气，回到这个埋葬青春的墓地。

圣诞夜，一个男人

从话筒里听到你这样说："现在我们已身隔两地，今年的圣诞，不能和你过了。"接着又说，"你是不是很后悔去年圣诞没有约我去看一出戏，之后和我一起倒数呢。"现在想起来，倒觉得非常后悔的，但除了心里觉得可惜外，身体就有了一种非常想拥抱你的冲动。

今年圣诞，只想一个人静静地和你度过。因此，一早便取消了所有的约会（包括男的）。这年，只有这刻的时间过得特别缓慢和无聊。如果人生是一列车，我可以在里面安睡几个站，也许是件非常值得高兴的事啊。

等待了整天，就是为了晚上可以兴奋地与你聊天，跟你说句圣诞快乐及非常爱你之类的说话。说真的，我在假日里是很无聊的。接着我还会顽皮地对你说："今晚你要穿着漂亮一点，肚子要留空啊，我在楼下接你去参加圣诞派对。"你也欢喜地说好。纵使我们都知道身隔两地，可是在这个普天同庆的日子，我们都会誓时忘记忧伤，以一种等待恋人亲吻的心情来迎接今夜的到来。于是，我们继续互相关怀对方，还会谈谈生活上的变化和某些人的恶行。一个非常平安的平安夜就这样来了。

我们挂线的时候是午夜十二点多，之后我独自一人漫游充满圣诞气氛的 M 城。知道有朋友在望弥撒，也没有再打扰他了。看到街上一对对男女抵着寒气行走，心里只觉更加寒冷，最后一个人逃进礼记雪糕店内，度过了一个圣诞夜，一个很男人的圣诞夜。

"圣诞到了，我站在街角／下载圣诞气氛／灯，寂寞地为我亮起整个寒冬／我继续以那对恋人的角度／走进我们较为温暖的过去"。嗯，圣诞夜献诗，也是一件非常值得高兴的事吧。可惜我不是基督徒，无法得知耶稣诞生的欢乐；只知道，圣诞夜一个男人，挺寂寞呢。

睡莲·洪慧

洪慧，何许人也？我想，她是一朵睡莲，是今夏绽放的一朵粉淡色睡莲。关于洪慧要举办水墨画展的事，是 IVY 告诉我的。很不幸地，在她首展那天，风云乍变，似乎要降一场大雨把小城冲得淡淡，先可尝到这朵睡莲淡淡飘来的味道。

周览泛观，"淡"仿佛是洪慧的创作风格。整个展场大部分展示的作品，都是以淡淡的黑白色为主。我记得从前有位从事设计的朋友说过，黑白两色在创作上最难挥洒自如的，只有适当地配合，两色才能产生出强烈的空间感效果。站在展场中，双眼一直停在她画中的黑白色之间游动，给人的感觉像身处平静的湖中，慢慢呼吸着雨后淡淡的清香。

此时，站在我身边的小女孩 IVY 告诉我，洪慧的作品带给她心灵极大的震撼。洪慧一系列如此淡的作品，却能激发一个少女心底壮志未酬的心愿。我想，洪慧的魅力大得很！

过了几天，平静的小城已掀起洪慧水墨热潮。虽说我与洪慧素昧平生，但仔细一想，原来我和她已在四年前相遇，那时胡晓风伯伯主编《湖畔》季刊，我和她都是这本文学杂志的作者。

洪慧将诗的意境融入她的水墨画中，在单调的黑白间营造出令人没齿难忘的淡淡诗意，她的创作是相当成功的，她是该交口称誉的新一代艺术家。

台风下的爱情故事

上月底，热带风暴杜苏芮旋风式袭澳，为本澳带来今年首个八号风球，大部分澳门人都感到莫名兴奋，学生庆幸可以不用上学，有更多的时间打机看漫画，上班族可以约朋友唱 K、吃火锅或抱住女友宅在家里补个眠。碰巧台风天又是四年一度的欧洲杯准决赛，喜欢看足球赛的大人小孩，可以大条道理通宵达旦看球赛，共聚天伦之乐，即使明天天塌下来，也有八号风球挡住。这种心态，与居住在下环区一带的居民可不一样了。他们不敢忘记 2008 年台风黑格比带来的破财之苦。

有时候，感情风暴远比现实风暴来得可怕。周杰伦曾经有一首歌唱至街知巷闻，歌词是"爱情来得太快就像龙卷风，离不开暴风圈，来不及逃。我不能再想，我不能再想，我不……我不……我不能"，在现代都市人心目中，一旦失恋，顿觉有如世界末日来临般，可见爱情的杀伤力，远比超级台风还要厉害，有些人缘好的男女，每半个月也要经历一场小小的感情风暴。

朋友阿亮与子健，占卜问卦择选吉日，千拣万拣，竟拣了个台风天来摆婚宴。婚前恐惧症，过来人都曾有过，但喜庆日遇上台风天的繁复心情，并不是人人能够承受得起。有朋友还趁机幽他们一默："爱情像风暴，想来的时候挡也挡不住，你俩的爱情，今次打风都打唔甩啦！"

阿亮与子健的婚宴在三号风球下如期举行，听着新郎在台上唱情歌，跟新娘子谈情说爱，千回百转，浪漫，是没有年龄界限的。爱情的反反复复，如昨晚来访的台风，或痛哭一场，或疯狂一夜，又见花开花落，蓝天白云，幸福是历经如此的折腾，才显得它得来不易。

优点其实也是缺点

近日雅虎网站热门话题上流传一则 Nokia 不死传说,有留意电讯业发展的手机达人,一定以为近年被最火爆的 iPhone 打得落花流水的老大哥 Nokia 翻身成功。怎料按入帖子一看,原来网友讨论的是一直以耐摔、耐用闻名的神机 Nokia 3310 怎样挡子弹救回主人一命的故事。

在二十世纪九十年代手机还是奢侈品的时候,只有有钱人才买得起手机,当时身边有几位富二代同学,买了 Nokia 8250 在师长面前荣耀一番,好不威风。那时的 Nokia 手机,以外形纤薄、耐操作招徕,即使是"傻仔"拿上手,都会顿时予人新鲜的时尚感。如果在路上遇上仇家,手机还能当武器,瞄准仇人头部抛去,他一定头破血流。

时代不断进步,现在差不多每人都拥有一部手机,甚至两部或以上,而且制造商更有返璞归真的趋势,不断将手机体积造大,还需要用家装上保护套。如果你不为手机戴套,它轻轻一摔就会粉身碎骨,莫说替主人挡子弹了。

难怪有网友在讨论区上留言说,Nokia 在市场上失利的原因,是它的优点太多了,特别是耐摔、耐用这两项,根本讨不到贪新鲜的用家欢心。这个留言令我想起初恋情人分手时说的最后一句话:宝贝,你这个人什么都好,太多优点了,所以我不能爱你。

一段情

科技的日新月异，从来都叫人惊讶，如果那件发明品没带给你惊喜，那代表它的发展滞后。缺乏新鲜感的爱情亦是如此。

曾经有一段日子，我爱上了一个女生，很想跟她认真地谈一次恋爱。就在情人节那夜，我想给她一个惊喜，但碍于经验不足，便在情人节前一个月，找上了情场老手乔捷帮忙，希望他的实际经验能激发我的想象力，想出截然不同的表白方式。这夜，我两坐在西湾湖畔的长椅上，他告诉了我不少求爱的心得。

乔捷告诉我，美好的爱情终究都需要浪漫的气氛支撑，而气氛这回事，始终需要有经济能力的男人才能营造。为了她，我每天放学到补习社、麦当劳兼职，购买了一部当年很少女生能拥有的诺基亚手机，作为给她的情人节礼物。

情人节那晚，我真的成功约了女孩到主教山公园看星星，还请来了几个朋友在四周放气球。十多年前的澳门，仍没有密如蚁穴的建筑物，空气污染物排放量也比较少，我们可以在山上一览氹仔的璀璨灯色，而写着爱意的气球也全映入女孩眼底。由于气氛对办，我们很快便亲吻了。在看完日出之后，她愉快地拿着礼物牵着我手下山。

但是，我们的爱情甜蜜期很快便过了。

自从 sony、LG 等品牌手机兴起后，女孩换手机如同换男友般凶狠，而我亦因其貌不扬、体形肥胖等缺点，常被她拿来跟其他男孩做比较。直至六年前一位匿名男子送她 iPhone 那刻开始，我察觉自己已悄悄地退出了她的视线。

卷七　漫步澳门

相信我，我才是陆奥雷

除夕夜，我觉得我的弟弟是很快乐的。我这样说，当然有我的道理。如果你们想知道，我是很乐意告诉你们的。毕竟，我这个专栏作者，就是很喜欢将别人的私事公诸同好。假若你们一直相信我所说的话，那么我将会告诉你们，关于陆奥的事。

今次我真的不可再说谎了，要正正经经地告诉你们。你们会觉得，我为什么会突然转好心肠。我很老实告诉你们，除夕夜一个人留在家中是很寂寞的。所以我此刻需要你们，就是你们了，我的忠实读者。

你们知道吗，近日我在某专栏上看到一篇很有趣的文章，是这样说的：二十多岁的男孩是比较喜欢说谎的！而且那个作者更把这段时期常说谎的男孩统称为"最佳的说谎年龄"。我好像在再前些日子，也在某杂志上看到这样的专题，第一个感觉，噢，像你们的表情一样："这不会是真的吗？"不过，依照那本杂志的统计数据得出，又是真的啊。一个城市越寂寞，会说谎的人所占的比例就越多。

说起"谎言"这回事，不知道你们有没有听过谢霆锋 *Most Wanted* 大碟内的《不要说谎》。记得这首歌在我中学时代，就很讨女生的欢迎。大约在那时候，我还年轻，对于女孩子喜欢的东西，都极为好奇地试着去听。跟着要发生的事，我想你们都猜到了吧，我便这样买下了这个专辑，自此以后就喜欢上谢霆锋了。而且，每晚我都会播放着这首歌和那个喜欢不要说谎的女生谈情说爱。我以为那个女孩喜欢听这首歌，就会因此而喜欢上我。

但话说回来，关于说谎这技巧，我倒觉得陆奥雷是说得挺厉害的。我常常看他的文章，都有一种给他骗了的感觉。嗯，这种感觉嘛，真的很难说；好像男人对女友说谎时一样，当你爱着他，他说的所有谎言，你都会尽力去相信。

好了，写了这么久，我有件事一直忘了告诉你们。其实我就是陆奥雷，哈哈，我又在和你们开玩笑了。嘿嘿，没关系吧，我知道你们会尽力相信我是陆奥雷的，是吗？

二叔来澳

我极少入赌场耍乐，只会在大年初一与三五知己入去玩一把百家乐，发个新年财，图个吉利。我们进赌场都是玩一下，完全没有嗜赌成瘾的倾向，投注多少也好，只要自己管理好自己，几回合过后，输赢都要离开。

近日，二叔来澳门探望新婚的朋友。亲戚到访，自然要好好招呼，待他到新马路附近吃过晚饭后，他便说要到威尼斯人赌场见识见识。本来陪同亲友进赌场观光是分内事，但一想到先父曾说过的一段往事，就不得不小心谨慎。"二叔年轻时在家乡工作下班后，常到街头的小赌摊玩耍，有一年春节，他在工友的家中赌了三天三夜，爷爷见他三天音讯全无，便发动全家人去找他，担心出了什么事儿。后来在朋友的言语间，才得知自己的儿子染上了赌瘾。"

在赌场林立的澳门，赌风日趋炽烈，烂赌鬼欠下巨款投海身亡的新闻时有发生，我生怕二叔会在赌场内玩到天蒙亮，到了投注欲望大的时候，百家乐呀、二十一点呀、骰盅呀全部下注，到时候局面就一发不可收了。趁我还在发梦、未回过神来之际，二叔已开始下注了，但他下的赌注很小，无心恋战。原来他正忙于玩手机微信。玩了一小时后，二叔要求先自离开，并向我借了五千元。他说微信很多女孩约他上房，全是国家级嫩口模特儿，他要力战三天三夜了。

末日买楼

距离 12 月 21 日世界末日尚有两星期，这天也是中国人说的冬至。按照民间习俗，冬至日吃汤圆，本象征一家圆满之意，何来灭亡？莫非今年的冬至圆满，就是大乘佛教所指的"圆满寂灭"？这一天，我们的历代祖先可能会从天而降，带领我们一起回到宇宙洪荒、文明初启的时代。

在这段日子里，像我上述的各类离奇预言满天飞，有的人当开玩笑，继续吃喝玩乐，过着声色犬马的糜烂生活；有的人则信以为真，每天愁眉苦脸想方设法寻找现代版挪亚方舟离开地球，以图避开浩劫。总之，在末日到来之前，社会仍旧安稳，都市人依然很忙。

早前，曼彻斯特大学达林博士曾为世界末日来临，列举了九种灾难以及其破坏程度。在九种灾难中，以外星人入侵、致命细菌危险指数最高，可能会导致全人类毁灭。外星人、病毒等元素，常在荷里活灾难电影中出现，人们看腻了，误以为21号是某套新灾难电影的宣传日，人人买好票，准备进场观赏。

趁着末日来临前，我约了十年没见的同学到酒吧街喝酒，同学 K 由于近日赌博有斩获，心情极佳，未到十二点已酩酊大醉，开始胡言乱语："不知你们信不信世界末日？我就信啦！末日是个买豪宅的好机会，那一天，全部有钱人都离开地球，我与太太可以住豪宅，没遗憾了！嘿嘿嘿……"

生日愿望

闭上眼睛，对住插满蜡烛的蛋糕许愿。此时此刻，即使蛋糕上的烛光微弱得只可照亮彼此的脸，但里面却充满了亲朋好友的爱。

十岁那年，母亲问我的生日愿望是什么，当时我爽快地回答：最紧要一家人身体健康，齐齐整整，学业进步！曾几何时，我很听从父母的吩咐，生日只许三个愿望，一点也不贪婪。

随着年纪增长，原本乖巧的我身边多了几个损友，从此性格变得非常反叛，每天以日作夜，过着浪荡不羁的生活。不知道长大了的自己是否真的懂得享受生活，开始渴望生日要拥有一部电单车、一个女友、一部手机或一台家庭游戏机。那时候，我喜欢的不是跟家人在酒楼吃个丰富的晚饭庆生，而是想跟几个朋友去唱卡拉 OK；在生日派对上，我生厌同学们说的那几句祝你学业进步、前途似锦的客套话，反而受落那些涂得满脸胭脂、装"胸"作势的少女说的那句——祝你越来越靓仔。

十六岁那年，受朋友影响终日沉迷电脑游戏，结果成绩一落千丈，差点儿要留级。那年生日很不高兴，约了几个朋友喝酒庆生，自己没酒量还自以为很了不起，跟一班朋友拚酒，喝到醉茫茫时竟然许了一个"我要破处"的生日愿望。这一晚，我真的跟几个女孩上了床。第二天睡醒，我发现底裤全湿了，原来昨晚发生的一切，只是一场春梦。

东望洋时速 200

五年前，她说澳门除了赌场外便没有其他，决心实现自己的梦想，抛下你独自一人跑到台湾去。自此你们分隔两地，各自忙着自己的工作，没有时间静下心来，一杯红酒配电影这样简单的生活情节，对于你们来说，想想也是奢侈的。

你们已经五年没联络了。你偶尔在 MSN Space 上得知她在这段日子里交了几个比你好得要命的男友，但他们的命运跟你无异，每每感觉幸福满泻的时候，她总喜欢选择快刀斩乱麻的方式，剪断缠绵的红线。没办法，她依然没变，一直深信澳门作家陆奥雷的信念：能解决爱情，就能得到一切。可是，她一直为梦想逃避爱情的追捕，而你却躲在床铺内不作声，抗拒爱神每次的敲门。

虽然你在爱情跑道上常常担当"炒车王"的角色，但在东望洋跑道上，你却从不认输。今年格兰披治大赛车又开始了，跟这些年的情形一样，依旧在沥沥冬雨中进行。你如旧驾着日产战车，用自己的改车技术，使战车以时速 200 穿越时空的阻隔，以为这样可以直达爱情终点。但是，你却在一阵密集的撞击声中惊醒。你清楚知道没有谁能改变世界，也知道不应该为一个根本不明确的目标而奋斗。九点与八点的故事，就像东方弯诅咒一样，每年重演一次，随时间慢慢地变成另一些人的故事。

一个被某种速度谋杀过的病人

病人：医生，当富裕社会的一切发展得过快时，平日喜欢过着比较写意生活的我，不知道为何会产生一种讨厌速度的感觉来。这种感觉，令我长期活在恐惧之中。同时，随着人和事的快速转变，使我觉得生存下来的快乐程度都下降了，甚至乎有点迷失……

医生：这不可以说后现代社会的人和事都薄情，或者换另一种方式说，可能是因为你没有习惯米兰·昆德拉在《缓慢》中所说的"速度是技术革命献给人类的一种迷醉的方式"。你说你讨厌快速，你心里是否存在着某些不快的回忆？抑或有心理障碍？

病人：我无法接受现时快速生活的原因，可能与我至今仍无法接受每次恋爱都高速失败一样。我有许多恐惧经验，就是从小至大都没有真正受过恋爱训练，以致每次谈恋爱都很快告一段落。到了分手那天，女友才说出我怎样不懂得制造浪漫，怎样不懂得制造缓慢的节奏，怎样做爱时没有乐趣……所以，我和大部分女孩都谈不过三天恋爱。

医生：嗯嗯．这未免太悲哀了。总的来说，是"缓慢"谋杀了你的一切。也可以说，你是个只觉得自己需要缓慢生活的人，而不是懂得怎样过缓慢生活的人。

　　病人：医生！哪有得救吗？我不想那么快便死去，也不想以后的恋爱都像以往一样失败！

　　医生：好的，好的，那么我们先从了解自己开始，我和你做一次催眠，请你慢慢深呼吸……然后，闭上眼睛……闭上眼睛……

拜年礼物

一晃眼新年就过完了，上班族又要回到比"地狱"更难受的办公室工作。吃午饭的时候，同事们兴高采烈地回味着这个假期到过什么地方旅行，吃过什么美食，争先恐后说个不停。而选择留澳过春节的我，一点儿边都沾不上，独自吃着那碗不是味儿的蚝仔肉碎贵刁。

自从嬷嬷过世后，已经有十多年没有回乡下过春节了，残留在我脑海中的记忆，应该是九十年代的景象。那时的春节，爸妈总会带着一包包红白蓝胶袋回去，里面装满了送给亲朋好友的拜年礼物，大至电饭煲、电风扇，小到日常用品如牙膏、卫生巾、糖果都有。而穿上平价西装的爸爸，提着二手皮包，也可以摇身一变成为澳商，引得村长一个劲地低头哈腰；路过之处，都燃起别人心中的妒忌之火。在中国还未崛起之前，港澳同胞是最有优越感的，当时年少的我，也深深感受到这种光耀的杀伤力。

时移世易，一切都不一样了。年初二回乡探亲的同乡同事告诉我，现在有了高铁，回广州不消两小时就到达，无须一早冲关争买头班岐关车票。真的，时代已经不同了，现在内地什么名牌都有，实在不需要我们再带一包包礼物回乡探亲。闲聊间，同乡同事告诉了我一个笑话。那天他欢悦地带了洋酒、名烟回乡探伯父，怎料他的伯父说这些东西不值钱，叫他明年带几罐奶粉回去就行。

荒诞的城市

为了我们的结婚周年纪念日，我好不容易才请到一天大假，与太太到香港某高级餐厅吃烛光晚餐，浪漫一番。一个简单的纪念日，为何要舟车劳顿过海庆祝？一切皆因本地餐厅服务水准有限。当你以广东话询问侍应有啥菜式值得推荐时，她们却以普通话告诉你这里没啥好吃，这种服务态度让你以为自己身处内地某大城市中无异。

上周三晚上，我与太太在尖沙咀某餐厅内用餐，那里环境格调皆一流，从落地窗口望出去，整个维多利亚港一览无遗。这时我的太太好奇询问侍应，为何外面人头涌涌。那位侍应立即以纯正广东话告诉她，由荷兰设计师霍夫曼打造的巨型黄色小鸭，继大阪、悉尼、圣保罗等城市后，近日来到香港维多利亚港"游泳"啰。太太听了之后，便迫不及待跑到外面去拍照。拍过照后，她又好奇地问侍应："这只小鸭将到哪里游泳呢？"侍应笑嘻嘻回答："澳门！"太太听后喜出望外，不断对着我说真的吗真的吗？

经过一小时的航程，我们带着疲累的身躯回到澳门。这夜氹仔遭暴雨突袭顿变"水城"，这夜我们一家三口失眠，我在水中救车，而我的儿子与太太却把Q版黄色小鸭放到水中拍照。在她手机的闪光灯一闪之后，我仿佛听到那个侍应的咔咔笑声……

除夕夜求婚记

如果今天读者还能看到我的文章，即是证明人类已成功度过了 2012 年末日危机了。现在回过头来看，不知道之前炒老板"鱿鱼"环游世界的朋友现在到了哪个国家；也不知道香港那个花十四万元丧买粮食、厕纸过末日的富太，现在的罐头过期了没有？

时间过得真快，今天是年轻人为除夕倒数的日子。他们男的帅气、女的娇俏，一同相约在旅游塔前地与歌手一起倒数跨年，然后到 K 场喝酒唱歌，以一个欢乐的不眠之夜来迎接新一年到临。其实，这种倒数活动年年都有，庆祝节目年年都差不多，但仍旧吸引年轻人前来凑热闹。若我这个已经被社会折磨得不够浪漫的人，再度厕身于这种温馨动人的场景中，心情不知是高兴还是失落呢。

其实，我也曾年轻过、浪漫过。记得有一年除夕夜，我与女友到了香港时代广场倒数。这一夜的灯饰浪漫璀璨，连平日车水马龙的马路也变成缤纷热闹的派对场地，在几位朋友鼓励下，我鼓起勇气在 1 月 1 日 0 时 0 分向女友求婚，并拥吻了她。但是，我突如其来的亲密举动令她有些手足无措，大家的呼吸在刹那间好像停顿了一样，当我再开口问她答案时，她竟反问我刚才说了什么。原来，几万人的 happy new year 掩盖了我那句温柔的"你愿意嫁给我吗？"

唉！

过年

　　过新年，身边许多朋友都选择外游，不管到国外或国内，只要离开平日熟悉的地方，伸展一下筋骨，呼吸一口新鲜空气，心就满足矣。好友小六年二十九晚收拾好行囊，半夜着我驾车送他到澳门机场，漏夜飞韩国，急不可待要展开他的四天假期。

　　从小到大，新年期间我都不选择去旅行，理由是平日上下班已够拥挤了，难道有几天假期还要到外地跟别人迫？从这头迫到那头，再从那头迫回这头，在这一去一回的过程中，不知折腾了多少宝贵时间。"明明昨天是年初一，转眼已是年初五了，"小六继续在电话中对我啰唆，"晚上一直在做梦，连续好几天没睡好，女友说今天是情人节，要我在首尔跟她过一个浪漫的节日，我累死了，你记得傍晚来机场接我们！"

　　自以为好友小六离开澳门后，我能好好地跟太太吃吃喝喝过年，然后在情人节那晚，躲在温暖的被子里谈情说爱。但，以上的纯属幻想。现实生活里，总会有些突如其来的事情发生。年初一晚，太太发高烧，接着儿子也打败仗，我们一家人频密出入医院，仿佛新年四天假期，我一直在备战状态中度过。

　　时间过得真快，一眨眼，今天小六要回澳了。这五天假期里，我跟小六都一直为爱奔波，基本上没怎么休息。可喜的是，小六抱着已成功订婚的未婚妻回来，而我的家人也病愈回家了。爱，让这个蛇年更添温馨。

澳门，一觉醒来在水城

林玉凤新书《澳门，一觉醒来在拉城》，这书名起得真动听。在她的新书发布会上，听过她的介绍后，这书名有如初恋情人的名字般亲切，镌刻于我心中。

近日澳门下起罕见大暴雨，各个地区道路出现严重水浸，暴雨使小城顿成"水城"，交通完全瘫痪。刚出席完宴会喝多了两杯酒的我，睡在朋友车上，看到窗外的风景恍如隔世。

本以为河边新街、沙梨头、新桥等一带旧城区会成为泽国，万万想不到连氹仔都成为重灾区。朋友送我回家途中，不小心误入了"深水区"，汽车死火，无法前进后退，急着尿的她只好打电话通知交通警来救援，这时她与我说起往事，借此打发时间。听着听着，我竟然在半睡半醒中想起一部爱情小说的片段：在水中央，如果我身旁的朋友是我的情人便好了，那应该是我们全年最浪漫的爱情时刻；之后又想起李安的《少年Pi》的情节：在水中央，如果我身边的朋友是孟加拉虎就麻烦了，那应该是我的生命最危险的时刻……

听着听着朋友说起从前居住在沙梨头一带，每逢台风季节必水深及腰的事，这时已是晚上九点，我张开惺忪睡眼望到窗外来了几个交道警，醉意全消的我，真的以为自己一觉醒来在威尼斯。

月饼奇想曲

一年之中，中国有三个喜庆节日最受人重视，它们分别是春节、端午和中秋节，其中又以春、秋二节最受小朋友欢迎。无他的，这两个节日除有丰富的糖果、水果、月饼吃外，还有烟花会演、猜灯谜等活动助兴，这些都是单吃粽子与扒龙舟的端午节所无法比拟的。

今年的中秋跟往年一样，我都会收到许多亲戚朋友送来的月饼，口味不是双黄白莲蓉月，就是五仁月，感觉有点闷。乍眼看到放在书房内的月饼堆中，有一盒标榜"素菜"的月饼吸引了我的眼球，于是匆匆叫太太切半个来品尝，怎料，所谓的"素菜"月饼，只是没蛋黄馅料的莲蓉月饼。可见月饼这盘生意越做越多款式，说不定将来出现 iPhone 型或重口味型月饼也不为奇。

月饼自是年年吃，但从没想过它的由来，于是上网翻查一下资料，才得知月饼跟朱元璋抗元有关。传说是这样说的，当时中原人不甘受蒙古人统治，朱元璋为了让老百姓的生活过得好一点，决定在八月十五日起义抗元，他的军师刘伯温便想出一计，将"八月十五夜起义"的纸条藏在月饼内，借由吃月饼来通知民众一起起义。

中国人向来喜欢送礼，特别是大时大节前后，情况更为吓人，好像在中秋节前举行的澳门立法会选举，我忽发奇想，不知各参选组别会否仿效朱元璋的做法，将自己组的号码纸条藏在月饼内，通知选民九月十五日去投他们一票？

漫步澳门

MIF 展览会加上黄子华栋笃笑《洗燥》效应，使得望德圣母湾大马路塞得水泄不通。在这里说这条马路，是因为大部分澳门人都知其路而不知其名。上周六在去金光综艺馆途中，听到路人对话筒里的朋友说："威尼斯人附近好塞车，你驾车不要走这条路！""哎话，你不知那条路？就是去威尼斯人那条路，叫乜嘢名？我唔清楚。"

对澳门人来说，望德圣母湾大马路，知道的人或许不多；在他们心中，澳门现在发展成哪个模样？他们无法一下子说清楚。特别是九〇后，天之骄子，父母亲捧在掌心呵护，上学放学都有专车接送，经常出没的地方不是新葡京的餐厅，就是威尼斯人的购物广场，自然对本澳老城区，如十月初五街、义字街等地方不了解。即使他们勉强说得出街道名，但要说出这些街道的历史时，都支吾以对。

还是黄子华在栋笃笑中说得好。真的不知道澳门人如果不开车怎样生活。无论路途远近，澳门人都要自己驾车，依赖车子生活的程度，跟潮人玩手机一样，如果有一天没有手机或车子坏了，就如同世界末日。

近年，澳门人的生活素质改善了，应该是时候留意身边所发生的一切，思考一下为什么我们生活在这里，却说不出一些街道地名？我们能否尝试一天不开车，漫步新旧城区，用脚步见证这个城市的成长与转变。

卷八　书柜里的回忆

诗是属于年青人的

澳门是一座非常寂寞的城市，因此才容纳到这么多诗人。而这些诗人所发出的寂寞旋律，大多是来自年青人的。在上李观鼎教授的课时，他常常对我们说："诗是属于青年人的。"

诗是属于青年人的，这句话经过我理解后，得出了现代诗包含着各种反传统、反逻辑、反崇高的叛逆精神。而这种精神，只适合在某个年龄里理所当然地出现；过了这年龄，我们只会像艾略特所说的，二十五岁之后，再写诗的人，必须具有历史的眼光。

我们这群喜欢创作的寂寞男女，每个周末都约定到北区吃宵夜，谈谈生活近况。每次谈及的话题，永远离不开男女关系，高兴的时候也会谈谈同性恋。虽然我们已步入二十多岁，但我们的恋爱方式仍是很村上春树式和米兰·昆德拉式的。心情极坏时，偶尔会说说色情笑话和粗俗的言语，可是当约会女朋友时，品格绝对很正派。

除了诗之外，这座城市还有什么可以满足我们的寂寞心灵。于是，我们学会了组团结队，但从不办文学社。我们喜欢聚在一起，因为聚在一起的感觉很温馨。我们不分彼此，落 D 饮酒，就像《发条橙》内的弟兄们般恩爱，每晚都把自己固定在小泉居或酒吧内，你可以称呼我阿历山大、彼得、丁姆、比利仔，甚至 TERRY 仔，都可以。这个年代最紧要系 Free，这是我们的口号。二十首 KTV 轮着播放，总有一首是表达我们曾经爱过现在不能再爱的情感。饮得大醉醺醺时，亦会落泪，害怕朋友看见，只好孤身一人躲在厕所内哭泣，看着镜子会想起许志安的"厨房宣言"。

澳门是座非常寂寞的城市，因为爱过我们的人都已经离开了，只剩下我们孤独地生活在这里。诗是属于年青人的，我们仍然坚持这种叛逆精神，把青春和寂寞永远保留下去，谁都不想先老去。

代表作的价值

自从认识 IVY 后，我就成了关心妍的歌迷。之后我对她出席的活动，都分外留意。

前些日子，我在报刊上看过一些关于关心妍的评论文章。其实，许多人都一致认为关心妍是位有实力的歌手，其歌艺亦是可以唱到街知巷闻那种。可是，当我看了今天报章上的评论后，有了点同感。那篇文章是这样写的：关心妍是位有实力的歌手，但是缺乏"代表作"。这首"代表作"很重要，往往会成为一个歌手的终极形象。譬如容祖儿的《我的骄傲》、卢巧音的《好心分手》和陈奕迅的《明年今日》等等，这些大红大紫的青年歌手，都是靠一首代表作立足乐坛。

反观素有诗城之称的澳门，我们亦不难在上世纪九十年代崛起的新生代诗人中看到一些代表作。譬如新生代诗人林玉凤的《假如我爱上了你》、黄文辉的《历史对话》和谢小冰的《沙丁鱼的恋爱》等等，他们也是因为写出了代表作，而受到外界重视；同时又为澳门文学建立了一个重要的形象。

澳门诗人黄文辉在第十八期《澳门笔汇》编辑的话中指出，澳门诗坛近年来出现的新势力，只是为了贴近大众，而没有与"旧势力"抗争之意。这说明了我们这一代的青年创作者，虽然风格已成型，可是却没有创作出较好的作品，缺乏了"代表作"。

所谓代表作，就是在大量的创作过程中偶然得出来的佳作，青年歌手在唱功方面下苦功练习，很值得我们学习。试问他们与我们同样年青，同样充满理想，为何生于诗城的我们，仍未能创作出属于自己的代表作呢？

在新崛起之上

在同辈人中，大部分人都喜欢中国八十年代崛起的朦胧派诗人，当中尤以北岛和顾城最为人注意。这些诗人的作品，大都是回顾十年"文革"所留下的心灵痕迹。

若要了解七十年代末八十年代初的这一代中国人的精神面貌，的确是件难事。而且我们更不能在没有记录"人性"的历史书中找到当代人的重要思想发展转变过程，最后只可依赖文学作品，在文学领域里找回一点点属于当代人的心声。

诗歌，作为生活的美学，必须以日常细节为其最基本的依据。在朦胧诗发展的初期，人们习惯把这些似懂非懂，或完全不懂的诗体称为"朦胧诗"，固然，现在我们再看，却发现这些作品都是非常浅白易懂的诗篇。为什么当年的读者会这样批评朦胧诗呢？幸好，朦胧诗在得到谢冕和孙绍振两位先生的认同下，才得到一个比较合理的评价。他们在《新的美学原则在崛起》和《在新的崛起面前》里，肯定了朦胧诗人在新的道路上和新的生活上做出的探索和追求。

有时候回想起来，真的非常感叹"五四"以后的新诗发展，一直崎岖难行，几乎每代诗歌的发展都走入死胡同。同时候，在不断受西方各种主义和学派的影响下，属于中国诗歌应有的韵味，已经荡然无存。说近些，从前有诗歌之城之称的澳门，现在也出现了断层的现象，"后继无人"更是前辈们不时谈及的忧虑。

今天，澳门的诗歌发展又有些微复兴的迹象。关于一群新崛起的诗歌创作者及其作品，是否都应该有一套属于他们这时代的美学原则来衡量其价值呢。真希望有人站出来，为新锐作者点燃新曙光。

我曾阅读过博·赫拉巴尔

在中国，谁都知道米兰·昆德拉，甚至有人称他为当代文学中的"显学"。而这时候，又有谁人认识另一位同样是出身于捷克的文学奇才——博·赫拉巴尔？

我认为每个成功的作家，对于书名的选择，都是极为重要的。譬如说，米兰·昆德拉的《生命中不能承受之轻》、马尔克斯的《百年孤寂》和博尔赫斯的《小径分岔的花园》等等的小说名作，都以具有诗意的命名才令人着迷。在这里，我想起张爱玲曾说过的话，她认为中国是文字大国，而文坛登龙术的第一步就是要取一个华丽触目的名字。如果外国的名著要在中国流行起来，还得先把书名译得美丽一点比较好。

如果是这样的话，我们便知道赫拉巴尔突然在中国流行起来的原因了。

某天，我在书店内流连很久，就是被他那个非常出众的书名所吸引，要么喧嚣，要么孤独，这正是赫拉巴尔的代表作《过于喧嚣的孤独》。一个非常夺目的书名是包装，内里却藏着一部自传式的人生故事。

有人说，《过于喧嚣的孤独》是一部"构成了一个诗歌、哲学、自传的三角形"的"忧伤叙事曲"。这是能够理解的，因为作者把自己的生活和虚构的故事连接起来，讲的是他在这三十五年间所发生的故事和所思所想。他怎样从废纸回收站的工作中体会书籍变成废纸的命运，怎样在废纸中阅读诗人韩波的诗句、哲学家康德的思想和老子的"出生入死"的人生观。

一个处于"时代垃圾堆上"的普通人，如何透过在废纸堆中阅读生命的无奈和现实的残酷呢？他仿佛要告诉我们，"三十五年了，我置身在废纸堆中，这是我的 love story"的这份坚持，与阅读相依为命的执着，并非所有人都有勇气去完成的！

为爱牺牲

近日，与一位喜欢写诗的朋友叙旧，闲话家常长达两小时之久，临别时她还依依不舍地问我有否读过叶青的诗，奈何当时食肆周遭嘈杂，我竟把叶青误听成罗青（一位台湾前辈诗人），结果闹出不少笑话。过了一段时日，我才有机会在网络上搜寻到叶青的诗，怎料一读就整个人沉迷了，被她因爱所激发的热情深深感动。

跟"哥哥"张国荣一样，女同志诗人叶青同样选择4月1日愚人节自尽，以烧炭的方式结束了短暂的一生。我不晓得近十年来为何这么多值得我尊敬、崇拜的人一一离世，也不晓得叶青三十二年来的岁月是否跟"哥哥"一样，活着就是追求他们觉得值得付出生命的爱情。然而爱就是爱，不管它是哪模样，不管它以什么形式出现，能够透过爱认识自己，便是一种福气。

叶青生前最喜欢的诗人夏宇曾经提到叶青的死不是病，而是她太爱这个世界了。其实热爱这个世界的人多得很，例如我们熟悉的诗人顾城、海子，也是透过诗歌去营造一个神性的世界与现实生活抗衡。他们的死都不是病，而是太了解、太深爱这个世界。

这些值得我尊敬的诗人，都先后离去了，全都不给我一次见面的机会，读着他们的诗句，心里有种相见恨晚的感觉。末日未临，蛇年开始的第一天，我终于懂了"为爱牺牲"的意思。

现代诗的"语言"问题

　　因为罗兰·巴特，所以写下了这篇文章。题目是关于现代诗的"语言"问题。可能有人觉得，现代诗这老掉牙的话题，还有谈下去的价值吗。我以为坚持过现代诗创作的人，都有同一经验，就是发现现代诗的"语言"问题。前些日子，仍可在网络上看到网友拿古典诗词出来，理直气壮地贬低现代诗之类的话题。

　　讨论这个话题的起因我并不清楚。但我看到这些话题时，只会沉默面对。巴特曾经说过，沉默也是解读作品的一种方法。现在，我们先不谈论用古典诗词贬低现代诗的话题，到底会引起多少回应。我们先去看看巴特在《批评与真实》中的一段话："我们可以用另一种方式来表达这种语言的自我陶醉：行话是另一个语言；这另一个语言，也不是自己的；由此产生了语言的难以忍受的特性。语言一旦被视为不是自己集团的，便被判为无用、空洞、病态，其运用只有肤浅或低下的理由而没有严肃的目的。"现代诗，一向给人的感觉都是无用、空洞、病态的；故此，现代诗的语言被视为不是自己集团的。

　　谈现代诗，必须从"语言"开始。须知道，现在使用的语言系统，都是"五四"白话文实行之后的产物，与传统古典的语言系统有所不同。因此，语言系统的不同，也引致了人们思想、感情、生活表达方式的不同。在《无声的中国》中，鲁迅先生说了这样的话："要说现代的，自己的话，用活的白话，将自己的思想、情感直白地说出来。"对于二十一世纪的中国新诗，最值得人们关心的是它发展的前途，所以艾略特在《诗的社会功能》中也有提到诗歌的前途问题："除非他们继续造就伟大的作家，尤其是伟大的诗人，否则他们的语言将衰退，他们的文化将衰退，也许还会被一个更强大的文化所吞并。"

这不是吓人的话，你们可以不相信。但中国诗歌，现在到底最需要用什么"语言"去言志呢？网友们，你们知道吗？

毕加索的睾丸

　　如果要谈论现代绘画的起源，必须先谈塞尚、高更、梵高、蒙克、修拉等绘画大师。而后来的毕加索和杜尚，却是承继他们成为二十世纪艺术界中，最具影响力的大师级画家。

　　前阵子，笔者从新闻报道中得知毕加索的一幅名画《手拿烟斗的男孩》，以破纪录的价值卖出的消息，随即又听到一位极喜欢现代派画的朋友说，毕加索这幅名画破了十四年来名画拍卖会的纪录。

　　虽然我对毕加索的认识并不算深，但对他的作品亦略有所闻。至于我真正对他有印象，就是从诗人阿波里奈尔开始。原来当时的毕加索与超现实主义诗人阿波里奈尔已有交往，因此他们在创作上有着不少的交流。可以说，毕加索是因受到阿波里奈尔的影响，视野和心智才得到解放和成熟。

　　在毕加索未成名之前，有一段非常有趣的小插曲，大概是这样的：毕加索参加了以布勒东为主的超现实主义运动，那时他的理想是成为一个诗人，但后来发觉自己的诗写得不好，便消了做诗人的念头。后来的人为了突出他的绘画才华，才有了这句话："诗坛少了一个平平无奇的诗人，绘画界却多了一个巨人。"

　　这可以说是对毕加索的最高评价。难怪现代美术界中有句叫"毕加索的睾丸，达利的胡须，博依于斯的帽子"的名句。毕加索的睾丸有多重要？你看看逾亿美元的名画就知道了。

第九天

第七天，意大利诗人塔索这样认为："世界上只有两个创造者：一是上帝，二是诗人。"可是在尼采出现以后，世界就宣告"上帝已死"了。一时间，人类最重要的精神支柱崩溃，世界变得一片混乱、人心惶惶，遂而人类把精神的需要投放在诗歌里。因此，在每个时代、每个地方，诗人的地位也显得非常重要，特别在一些动乱、迷惘的年代。

上帝已死后的第八天，诗人一直担当着重要的角色。如果要说诗人的形象，我们可以想到平日的诗人，只会像个极庸俗的人，喜欢乔装成店小二，生活在小城中；冬天时，会在火锅店内，为客人服务。在这个无神的年代，诗人的角色，不过是受天命所托，重新一次把神的信息传递给世人罢了。

可是现今的世界早已没有诗意可言了，连诗人都迷惘了，没有神性了，我们还谈什么诗人呢，到处都是工业产品。可想而知，人类最需要的诗人也面临着格式化、商业化的大统一局面。这是一个诗意极贫乏的年代，因为荷尔德林早已预言过，终有一天，诗人必会把想象力还给神。或者，而今我们更可以开多一个玩笑，当二十一世纪到来以后，想象力就宣告"诗人已死"了。

第九天，人类证实诗人已死，死因是他们太专注于创造话语垃圾，争名夺利，而忽略了创造出更有意义的梦。

习惯麻木

台湾诗人余光中在诗集《如果远方有战争》中这样写道："如果远方有战争，我应该掩耳 / 或是该坐起来，惭愧地倾听？ / 应该掩鼻，或应该深呼吸 / 难闻的焦味？我的耳朵应该 / 听你喘息着爱情或是听榴弹 / 宣扬真理？格言，勋章，补给 / 能不能喂饱无餍的死亡？"一个诗人对世界的忧虑及关怀，已达到非常孤寂的地步，只可以在人们翻阅他的诗集时才能发声。

现在的年轻人，除了在宗教或哲学的领域内进行精神上的修行外，已难以在日常生活中，找到像诗人般刻苦耐劳地在原稿纸上做着"自省"的练习。或者，二十一世纪"自省"这项重要的精神修炼，已渐成为失传的绝学。但是，我们仍可以听到有人硬着头皮，每天花多个小时拼贴自己的文章上传到网络上，成为网络诗人；亦听到有人渴望到网吧饮酒作乐上互联网玩金庸游戏抗拒诗人。

不知从哪时开始，这个世界越来越懂得自我虚耗，比起那些愿意花上几十年时间写诗自慰的诗人们还来得可怕。随着二十一世纪初发生的"9·11"、美伊战争，以及接踵而来的非典型肺炎等事件，诗人还是孤独地登录网络，写下一篇又一篇无可奈何的悲哀情感诗章。

当这个年代的教育渐渐远离现代诗这门学科，不接触现代诗的我们，非常快乐。因此，我们不必泪流满面去翻阅大篇幅的悼念"9·11"的诗章，也不必主动参加捐赠活动，支持诗人继续开办反战诗歌朗读会，更加不用看如非典型病症般日益增加的预防心灵衰弱的诗句。

我们很容易在年轻朋友的口中听到这句百说不厌的名句："这个世纪好闷！"其实，这个世纪并不闷，还有很多乐趣等着我们去体验。譬如，当我们看到一群诗人自费出版诗集歌颂反对战争时，会觉得好好笑。

原来这个世纪还有笑话！生活在这个年代的我们，其实并不需要苦中作乐；只需习惯麻木，就可以了。

通

近日，我认识了一个女孩，她叫阿 A。阿 A 在十六岁时已经喜欢创作现代诗。十六岁，对大部分人来说，是个非常适合写诗的年龄。

十六岁时绽放的人生第一首诗，既美丽又短暂，如昙花一现的优雅。这段岁月，阿 A 对诗非常狂热，就像对待自己最爱的恋人般，每晚临睡前都会朗读一下。

现在，阿 A 创作出来的诗篇，已逾百首。可是近来她在创作上却遇到瓶颈，搁笔不写。当我得知这个消息后，便给她写了一封信，"亲爱的 A，中国朦胧派诗人顾城，你是知道的。顾城对诗歌的创作，有这些说法可供你参考，他说：诗还是多些通感为好。融会贯通或触类旁通，讲的都是一个通字。"顾城这样说，自是他对诗歌的一种领悟。

这是真的。阿 A 在创作上遇到的问题，亦是大多数从事诗歌创作者所遇到的问题。当然，写人生中的第一首诗绝对是件容易事，然而接着写下去，就会出现一个又一个的问题。诗歌讲求的是意境的不穷不尽，创作者讲求的是每首作品必须创新。假如觉得自己无灵感继续写下去，或者老是觉得自己的思想陈旧重复，那么，顾城说的方法，便是一种起死回生的妙方了。

虽然我对诗歌的认识也是一知半解，但仍然相信顾城所说的，诗中意境讲求的是个"通"字。好像条条大路通罗马的道理一样，讲求的是一种领悟万物的智慧。

无"思"不能成"诗"

听到"无思不能成诗"这番话，我以为是 P 的一家之言。但回过头来想想，假若诗没有思（思想），那便不能说是诗了。

P 是这样对我说的：一首诗的诞生，第一步要有才情，第二步是活用技巧。在这个创造过程中，许多人因天赋未能发挥及错用技巧，以致写下来的诗，全都变得晦涩难懂。

P 还继续对我说，如果你能了解和解决以上所说的问题，那恭喜你，你写的诗已完成百分之六十了。至于要写出真正的诗，还差一点差距。为什么呢？因为海德格尔曾说过，诗是一个渴望知识，贪求解释，能洞察万物一切规律的思想家。而且在海德格尔的诗论中，特别强调"思"的重要性。"我们心中所有的勇气是 / 对存在发出的第一声召唤 / 作出回应。存在将我们的思 / 汇入世界的戏剧里"，这就是"我思故我在"，"思"源自并达于存在的真理。因此，写诗的第三步要有个人观点。然而，这却成了许多诗人最艰巨的最后一个磨炼。当你开始用近乎哲学家的眼光去质问、去探索这个世界时，思便产生，同时诗亦诞生了。

不过，P 在这时忧心忡忡地对我补充说，由于古人的"思"已令我们丧失足够的"发言权"，若现在还要跟着古人的"思"走，那么诗最终亦会沦为某些人的"腐烂的思"的俘虏。所以，写诗的最后一步便要有"独特的个性"。只有独特的个性，思才能冲破所有"思"的樊篱。

　　一言以蔽之，"诗"的本质，便是存在于每个人的独特思想之中。

诗的生命在于忧郁

忧郁症正在全球蔓延，特别是城市人，患上此病的比例有明显的上升趋势。这个现象，我们不能视而不见，因为忧郁症已潜藏在大家的生活之中。

近日浏览朋友的网页，看到有人开始关注这个健康问题。许多人指出，现代社会气氛紧迫，人们要长期生活在压力之中，从小便需要面对班级的排名、学习成绩的问题；到了毕业后，就要面对工作上的各种人事关系和居住环境等问题。若有人在这时候再遇上男女感情问题，又得不到朋友的支持和安慰，便是烦上加烦了。

我们总不能批评因患忧郁症而选择自杀的人是无知、愚蠢的，家家有本难念的经，我们不是他们，又怎能了解别人的心情呢？有人认为，治疗女性的忧郁易于男性，这是因为女性的先天忧心结易于解开，而要解开男人的心结，却是难上加难。因为男人总爱把自己当成硬汉，不愿意与人分享心底话。

诗的生命在于忧郁，这亦是男人的忧郁。难怪有人会问为什么现在写诗的人，大部分都以男性居多。试想一下，当男人不喜欢将不安、烦躁、寂寞的感觉告诉别人时，他们只有用诗句宣泄自己的心声，难道你们没有发现从古至今男性写的诗大部分都特别"怨"吗？

日记九种及其他的其他

看腻了当代文学，会被它千篇一律的滥情、色情、乏善可陈的种种所困。于是，近日我喜欢上读郁达夫的《日记九种及其他》，写的名副其实是日记，读的名副其实也是日记。乍看下去，我发现一个如此出色的作家，起居生活竟与我们无异。依照郁达夫的记述，就是：工作，睡眠，阅读，领薪水，挂念远方亲人，约文友到酒楼饮酒等等，更私人一点，就是：生病，忧郁，对某人的憎恨等等。虽然是日记九种，但不是一般的日记，因为还有九种以外的其他琐事。

念大学做现代文学史研究，对于"创造社"的认识，只限于知道它是"五四"时期产生的带有浪漫主义倾向的文学团体，至于该团体成员，也只知道有郭沫若、成仿吾、张资平、田汉和郁达夫等人，其他的我一无所知。现在读着《日记九种及其他》，终可弥补了我对"创造社"的空白。日记所说的其他，除了郁达夫和王映霞的一段感情事外，还有他当年办文学社的困难及心里不吐不快的满腹怨气。

郁达夫如是说："现代青年的不可靠，自私自利，实在出乎我意料之外"，"午后在家看 A.Wilbrandt 的小说 *Der Taenger*，看了三十余页，亦感不出它的好感来，不过无论如何，比中国现代的一般无识无知的自命为作家做的东西，当然要强百倍。"……近日不断听到有人说为何中国至今仍未有一个"真正的本土文学诺贝尔奖得主"，或许是这个原因吧。中国当代社会和文坛，实在有太多无识无知的自命作家及自私自利的青年了，亦难怪当今须揭露身体的流行文学才得以畅销，这不是郁达夫早在 1926 年的预言吗？"百年之后，容有知我者，今后当努力创作耳。"好一句百年后容有知我者，现在尚未到百年，郁达夫的作品早已走上无限"沉沦"的处境里。

阅读害了我

由于工作关系，平日甚少参与娱乐活动的我，每天午后醒来或晚上下班回家后，都会阅读一两篇文章便入睡。可能我的人生是属于文学的吧，非如此不可，心里头十分怀念大学时阅读到天亮的快乐。对比起彻夜打电动的朋友们，我也曾像他们般疯狂过。

现在，一听到 IVY 天天都可以读上一部作品，甚至快速到只隔数天便可更换另一部作品来读的幸福，我心里不是味儿之余又深感惭愧。更开始对相去甚远的大学生活产生了一点点"乡愁"，正如某诗友所说"因为距离，而有了乡愁"，这样的公式代入什么也行。如今我却在"乡愁"的彻夜折磨下，辗转反侧，最后索性早点起床，拿着书本来读。

人是惯性动物，一旦确定了一套生活方式，自然会排除万难依照那套方式行事。有些时候，我曾尝试过出轨，彻底改变自己的阅读习惯，选择许多与此不同的方式过活。但日子长了，又不是味儿地重返旧有的阅读轨道上，过着往昔的生活。

大概阅读习惯早已成为我生活中不可或缺的一部分，继而成了生命中的一种不可承受的轻，现在我终于明白《生命中不可承受之轻》中托马斯的所有选择最后都落空成"非如此不可"了，这是感情害了他，而阅读亦害了我，那些落 Pub 泡妞的夜生活，皆与我无缘，只因非阅读不可矣。

诗人陆奥雷的化装节

一、化装节

台湾诗人罗智成在其诗集《黑色镶金》中发明了星星节、冰河节、各式花祭、风筝节和孤独节等三百多个节日。对于生活在城市中的人们，着实为他们新增了一些趣味，是一件非常温馨的事。可以随意地增删历法，可以自由地联想的人，我想在这个城市里，或许只仅仅余下诗人了。这并不是在有意或无意间提高了诗人的知名度及其重要性，而是我们应该对这些独特的心灵做多点关注。在二十一世纪严重工业污染下的城市，各式各样的工业取得优势发展的同时，亦释放出反效果"梦"。

在这里用"梦"来形容一个高速发展的城市，无非是想说明尽管你的"梦"有多真实，有多华丽，实际上在梦醒之后，亦会像泡沫般消失。但这些梦，又确是这个城市文化所需要的产品或商品。制造出许多梦的商品，是这个城市的需要。因此，在人情越来越冷淡的城市，往往更需要一个诗人，一个每天为他们制作"梦"的商品的人。他们急需这些诗人来麻醉他们的灵魂，因此，"梦"成了这个城市最重要的商品之一。

生活在这些城市里的人，必然会喜欢诗人所制造出来的虚幻节日。而在澳门，同样需要一个充满多元、多变的身份的诗人，这时，一个常常参加化装节的陆奥雷出现了。关于陆奥雷的事，你们知道多少？

二、化装后

陆奥雷，作为一个土生土长的澳门诗人，在成长中（特别是年轻的时候）和他生活在一起的朋友，同样是澳门新一代的青年。他们所接触的文化背景当然是最本土的。在这里，我不妨引用某位诗人的说话，他说："每一代的青春都因不同的社会背景呈现不同的表现形式。"

陆奥雷日常生活的场景，是回归后的澳门。在这种时代背景底下，作为澳门土生土长的新一代青年诗人，他总会对各种生活的问题进行思考，最常见是反省自己的身份问题。就像陆奥雷常常和朋友一起庆祝化装节一样，他们会化成碧咸的模样，或化成陈奕迅的模样，随后思索化装前的自己到底是个怎样的人？化装后又是个怎样的人？这就不难看出陆奥雷作品中不断出现的"寻根"主题。

寻根？本土有什么根可寻？正是因为他对既成的模样感到陌生，觉得不真确，因此便要寻根。在第五届澳门文学奖比赛颁奖礼上，殷国明先生认为陆奥雷的得奖小说《鱼》"是一篇颇为奇特的作品，我们很难把它归入某一类型的小说，但是作品所表现出的锲而不舍的追寻，以及让人百思不得其解的神秘感，却能够把读者的思绪深深卷入其中。为了完成一条鱼的承诺，一个迷茫的，不知自己应该做些什么，甚至不知道活着为什么的人，不仅走出了自己原来的世界，体验了神奇，经历了人生，而且注释了一种人生的隐喻，答案就在于无限的体验和奇妙的想象"。

我们可以从《鱼》这篇作品中找到陆奥雷的心灵位置、根的主线。到底现在的澳门青年需要什么承诺？陆奥雷的寻根，可能就是为现在的青年找寻一个方向；这是通向人生各个方向的一个路标。化装节的化装舞会中，陆奥雷必须将自己打扮成某个角色，然后与不同领域的人接触，探讨当中的种种问题。我们的身份是什么？这是最值得关注又最容易迷失的问题。陆奥雷正扮演着一个带领者的角色，带领着一群青年一起打破化装舞会的梦幻，寻找真相。

新世纪来临以后，陆奥雷便这样通过作品参加了许多次化装节的舞会。化装节是历史上的一个全新节日，创造者是陆奥雷。在化装舞会里，他的身份是多元的、多变的、复杂的，他会把这个美丽的新世纪做了这样的装饰：

A Brand New Day/ 中文就是新的开始 / 好像摩托车的 / 废气整夜扩散宁静的夜烧掉 / 明天便又到来 / 时间就是 Nova/ 殖民过后马介休不是主菜 / 问题是以后要吃些什么 / 是澳门烧肉还是凤城肉干 / 又或者依然使用那些破旧的 / 筹码　组建明日的内阁 / 无论如何 / 还是要说葡语的 / 因为大概和历史沉积有关 / 依然是石路 / 只是挥动挥不动不同的旗帜 / 学些普通话 / 不是国语 / 身份不明要被隔离或观察 / 传统到处按兵不动 / 动了的是不动的闸门 / 至于，这又与我何干？ / 这个你都没有追问 / 你我关心的是下午是否涨停 / 股市和那些死亡的数字 / 大家都没有关注我们文化的 / 关键词　需知道 /Nova/ 就是 New

——《美丽新世界》

我们该嘉许和重视陆奥雷写出这样的诗篇，原因在于澳门的青年一代中，已经没有谁会重视陆奥雷在诗中所提出的问题。这首诗，甚至可以说是陆奥雷寻根的代表作，写的是我们所关注的当今文化。澳门不是没有文化，而是没有文化精神罢了。

陆奥雷在化装舞会上不停转换身份，再读他的诗，可以找到寻根的主题。他发挥主持天赋，带领人们出出入入这个变态的城市。在这个没有诗意的城市里，诗人扮演着的角色就是一件放在橱窗里的饰物，或别人不想买的一张过时 CD；他要在这个贫瘠的时代里，尝试为人们种出心灵之树：

> 把诗交给我 / 留在没有诗的时代 / 我会把他撒落 / 向寂寞的土地播种 / 城市的生命已经腐朽 / 酒醉灯迷下 / 美丽的花已在街角没落 / 荒废 / 一如过时无效的电影戏票或钞票 / 没有好戏上演
>
> ——《反潮流者》

今次，陆奥雷出现在人们面前，扮演的是一个反叛者的形象，他要对抗这个城市，所以他在化装晚会上要与人们一起醉生梦死。派对，派对，是现今青年人最喜欢的节目，亦是他们心灵自由的出口：

> 这里没有森林 / 是一座水泥的城市 / 我在反抗 / 那高楼玻璃外墙的反射 / 生命　我的生命就在此时绽放 / 并决定把命运巨轮　转动 / 反潮流带动的狂欢之夜 / 在几乎遗忘的告别回忆重组与再现里 / 摇头　吐一口诗的烟圈 / 派对　派对
>
> ——《反潮流者》

派对，是狂欢者的救赎节目，陆奥雷把诗交给了他们，亦把灵魂交给了他们，为他们提供了快乐，当他们感到快乐时，便必须"摇头/吐一口诗的烟圈"感谢诗人。

然后我们将镜头一转，来看看《伪装的告白》，这可以说是整个化装舞会的最高潮。你可以看到诗人如何去表演这个没有身份的自己。陆奥雷写下了自己模糊不清的形象，也是现今青年人所身处的文化背景：

> 你记得吗？那个我们喜欢叫作旧皇宫赌船的地方/那条往日满是渔栏和咸鱼汗臭的老街/那个带着海的盐味的香港的澳门的澳门香港片
>
> 现在我们不再谈论香港/或者王家卫/旧时的东西总是值得怀缅/片场是一种时空的破坏/它调动怀旧的讯息/要人找寻相思的下落/我开始怀疑/我身在何方
>
> ——《伪装的告白》

有人说，澳门是最适合人居住的地方，因为够安全。这不是由于澳门是一个旅游城市而故意弄作好像很安全，而是澳门的确安全。澳门，就是非常悠闲、自在，人与人之间没有仇恨。如果你问澳门的情况是这样，澳门就是地方够小，仇人和敌人天天都得见面，那么就不容易暗箭，不容易受伤害。在澳门，如果要骂人一定会变成光明正大的形式。澳门有点像香港、有点像台湾、有点像日本、有点像里斯本，但又不是这些城市。她是独立的，地方虽小而甚有张力，每每能创造出许多平易近人的作品。但话说回来，可能也因为太"安全"了，澳门的作品缺乏像其他城市一样有某种独特的精神风格，这和城中的一切都无关，这是人的问题。把人作为切入点的时候，这里只是一个移民或旅游的城市，来的人觉得这地方很美，但也美得虚幻。住久了，就好像被蒸发了感觉的望远镜，看什么都没有感受（也不敢有感受）。

澳门没有问题，澳门人有问题。我们这班澳门人的确有问题，正如澳门作家寂然在谈论澳门作家的形象问题时，也反映了澳门人的创作为什么需要得到邻岸香港的认同？这是一个身份的问题，澳门人真的需要香港人认同他的身份吗？那么，香港人认为澳门人的身份又是什么呢？是陆奥雷所说的那种"那个带着海的盐味的香港的澳门的澳门香港"？抑或是"老翁以为我是过客／开始向我介绍回港的路线／我想告诉他我是澳门人的事实／但事情是我自己并不知道几号巴士能去码头"？

由于澳门是一座汇合中西文化的城市，所以很难在结根后的本土找到原本的"根"。于是，陆奥雷才说"调动怀旧的讯息／要人找寻相思的下落／我开始怀疑／我身在何方"。陆奥雷在这座城市里，一直扮演离岸的人群，铁达时的广告没有身份，乐于做游客的角色在化装舞台上穿梭出现在我们面前。

陆奥雷的第五届澳门文学奖比赛得奖诗作《寻找午后的石板街景》，熊国华先生认为是一篇历史感和本土性很强的作品。我们开始明白到，陆奥雷的作品是肩负起殖民后具备历史眼光的。我们在读《寻找午后的石板街景》时，发现澳门人的身份可能是"殖民以后残余的筹码"。"筹码"这个词，象征或隐喻着澳门整体的文化遗产（我们在同一届的小说首奖中可以看到，邓晓炯先生写的澳门故事中也有着一个永远不会输掉的"筹码"），到底澳门拿什么去给人们认识呢？

会不会是澳门年轻人经常流连的板樟堂？陆奥雷的作品

中，仿佛要我们置身于板樟堂流动的人群中，看着旅客手上拿着的一张张文化遗产明信片：

> 历史残光照在梦的尽头／而梦是一条打着哈欠／
> 欧式石板的老街

陆奥雷以历史的残光，在我们生活的地方，照出了文化遗产的足迹。澳门的形象，我们的身份，不过是历史文化所制造出来的一个化装节，我们穿行其中，成为一种流动的、不明确的人群。

三、落装后

走笔至此，某年某月某日的化装节已经结束了，也应该要结束了。诗人陆奥雷带着一群青年人走在舞台上，完成了一个梦，并大声朗读以下诗句：

> 这一天／我是迷路的士兵／正在找寻灵感的补给
> 我知道／只有愿意开拓的战士／才能拥有诗的新生！
> ——《诗的狂想》

诗人是这样告诉我们怎样在这城市里寻根，至于这个根是怎样的根，我们无须知道，正如陆奥雷化身的鱼一样，为了完成一个承诺，一个迷茫的，即使不知自己应该做些什么，甚至不知道活着的意义，但所有的答案，都会在我们无限的想象和体验当中。而陆奥雷，便试着走出了自己原来的世界，走进化装舞会中，体验了历史，经历回归以后青年人的流动生活。这一切，或许就是诗人陆奥雷所说的："他必为日子除帽致敬 / 扫去昨日困卷烦恼 / 重新开始，多么美好的一天……"

最后，陆奥雷除去了诗人的帽子，变回一名普通市民，继续过这种空虚、无聊的城市生活。派对，派对。

澳门人的"面相"

近年，在澳门文学界的活动轨迹中，陆奥雷这个名字越来多人认识，然而就跟大家对澳门文学的关注还停留于皮毛式的了解，对作品的讨论始终不多，一系列"澳门文学丛书"更像是一份文学史的记录文献，作家陆奥雷见其人不见其作品，这现象是很有代表性的。

陆奥雷最新出版的短篇小说集《幸福来电》，便是去年底推出的第四批"澳门文学丛书"的其中一本，该书精选了作者自澳门回归以采发表过的短篇小说，短则六七百字，长则约二万字。这些或长或短的小说，有相同的舞台：澳门；有类似的"文青"调性，简约、悠闲、写意，一切都好像慢吞吞的，读来特别像澳门。内地评论家韩贵东说："澳门成为了陆奥雷个体叙事创作中的故乡根基，承载了《幸福来电》中所有的美好。"我认为，陆奥雷或《幸福来电》书中的人物，准确来说更切合了外来者对澳门乃至澳门人的美好畅想。

比如《逐梦者的天空》，是年轻人向长者和城市建设者的致敬，低调、温暖、感人；同名作《幸福来电》《片段·遇见》《相亲》《为旧情人祝福》，故事中人在看似没有宏大志向的同时，透过适应生活的改变，善待他人的良好态度，每次都因此交上"狗屎运"，为故事带来出人意表的结局。看似对一切满不在乎的这个"澳门人"，读他的小说却让人充满能量，在他隐而不宣的语语中，从他反复描述的诗意气氛中，每一个故事就好像一次对澳门何以能在短短二十年间高速发展的非官方解说："低调做人，认真做事，随遇而安，与人为善。"这种性格，自然不是澳门人独有，却特别有代表性。

天津作家任芙康在谈澳门时就曾经写道："澳门奇特，迥异于别处的，恰是澳门人的面相。无与伦比的平和与礼数，就在内地不少民风淳朴的小镇，也是难得一见了。澳门人轻柔的话语，平视的眉眼，甚至带点软弱的气质，更让人接受与喜欢。"这恰巧就是我读陆奥雷小说的真实感受。我们都在期望着身边的人，就像陆奥雷笔下的人物，那么重情重义，那么温暖和善良。

当然，这样的"暖男"也不是没有脾气的。如果有一直关注澳门新闻的人，绝对能从他的故事中，找到很多回应社会问题的"线索"，可以呼应出某个特定年份发生的特定事件。很多故事以爱情为隐喻，实际却是记录澳门回归以来澳门人历经的各种社会大事，反映了他们在此期间的生活和思考方式上的改变。

澳门作家梯亚在评论陆奥雷作品时说"无论是狄更斯还是艾略特笔下的伦敦，又抑或波德莱尔的巴黎、卡夫卡的布拉格，都充斥着反感、厌恶、失落的负面情绪，而陆奥雷书写的澳门，却多了一份当仁不让的爱"，这大概就是《幸福来电》最好的总结。

旅行与写作

看过村上春树一篇关于旅行的文章，现在它已成为我最常引用的写作原理。村上春树说，"我大体上，在实际旅行时，不太做很详细的文字记录。不过我总是会在口袋里放一本小笔记本，遇到什么当场就会一一记下一行行像标题似的摘要。"

说起旅行，我每次不管去多么远，或多么偏僻的地方，都会想起写作。我是个不管其他事，只懂拿起笔埋头苦干地，尽情地写的青年。我真是疯狂极了，爱去旅行，爱扩阔自己的眼光，回报自己心灵的渴求新知。我仿照村上春树给我的启示，去过很多次旅行。事实上，不论旅行与否，作为写作人的我们，尤其对生活的面貌，都要有记录或保存的需要。

村上春树又说，写文章是将平日积累的事件，凭着脑子里记着的各种感觉，简单地在纸上重现出来。以经验来说，我多把平日发生过的事和感觉的变化储蓄起来，等待一段时间淡化。然后，让脑海里要沉的景象沉下，要浮的景象浮起。之后，自然而然地灵感就会出现；而那些浮起来的景象就是要入诗入文的东西了。光把浮起来的景象串联起来，就是文章将会出现的轨道啊。朱光潜也说过，艺术必与现实保持一定的距离，那距离就是促成文章"美"的地方，即使在同一段距离内，很多东西都会给时间遗忘，但最后记起的，必然是文章内最重要或最关键的东西。这就是村上春树所说的"适当的时期"了。对于写文章，我觉得旅行记事是一项很重要的修行。

我们怎样选择三日两夜，或五日四夜，距离长达五千公里或一万公里的地方叙述呢？当然，旅行发生的事情往往会比平日的多或者少，缺味或者丰富。可是，我们该如何找着重点，把握好重要情节来写？只要我们遇上什么就用笔立即记下像标题似的摘要，这就是最好的妙法了。这样做，以便日后翻阅，也易于给记忆重组。有了明确的标题摘要以后，我们就可以轻轻松松地把整个旅行过程写下来。写作，是件多么简单的事啊。此外，大部分人都会旅行吗？会的。那么，即是说大部分人都会谈恋爱，大部分人都会写文章。

　　我得说，假如旅行给了你一种很好的感觉，于是你也会去一次快乐的旅行；假如恋爱是一种很棒的感觉，于是你也想谈一次恋爱。因此，写作亦如一次冒险的旅行或恋爱，你也想谈一次很棒的恋爱和去一次很刺激的旅行。写作就这样诞生了，抓紧在瞬间即逝的感觉。

　　在这年代，旅行不仅是生活中离不开的一部分，往往也是康复人类心灵的灵丹妙药。好的文章当然是从日常生活中积累、提炼出来，而写作也是生活中不可或缺的一部分。所以，写作好比一次冒险旅行，处处都是危机，处处都是惊喜的出路。

陆奥雷：半个炽烈燃烧的作者

十多年前，我曾在陆奥雷的《明日报》新闻台留言板上写道："陆奥雷，你果然是板樟堂诗人。"现在回想起来，我都忘记了当时看了什么，才会说出这种称赞他的好话，而陆奥雷却信以为真，还把这句话写在他的《诗人以梦发光》的文章里。看到他那个飘飘然的样子，我真的没胆量告诉他：我说话通常都狗屁不通，所以我写的留言通常都不知所谓，你还敢用"板樟堂诗人"的诨号来发光、发热，写出了《板樟堂的倒数声》《寻找午后的石板街景》《伪装的告白》《爱的梅花桩》等佳作，在此，我诚心向你道歉：对不起，这些年来我欺骗了你！

时光如白驹过隙，转眼十年已过，板樟堂诗人笔下的小城生活场景已然发生了翻天覆地的转变，平日我们经过的板樟堂街 16 号宝兴香烟与铭记钟表铺已经结业，而曾经给予过许多文艺青年发表文章的澳门日报社也搬迁了。在这个急速发展的城市里，陆奥雷继续扮演着板樟堂诗人的角色，尝试透过作品告诉人们，消逝的只是我们眼前所看到的景象，并没有消逝的却是我们心里的情怀。为什么近年来常听到有人大声疾呼要捍卫集体记忆？因为这些集体记忆，就是我们的根。如果我们连这点根都没有了，人活着跟咸鱼没有分别，不是被人挂在阳光下曝晒，就是被人包装在礼品盒内，永远没有梦想。为了寻根，陆奥雷一辈子都在做傻事。请大家别胡思乱想，他做的傻事只是写写文章而已，并没有像海子或三岛由纪夫般有型——

自杀。

早些年前，我曾在拙文《诗人的化装节》里写过陆奥雷的寻根之旅，现在再重读这篇文章，更加认同自己的想法。在澳门，除了我了解陆奥雷之外，还有谁更了解他呢？有一段时间，我以为过于醉心工作与家庭的他，早已忘记了自己身为板樟堂诗人的使命。但从他刚出版的著作《板樟堂的倒数声》（2012）及即将推出的《摩天轮下的生活幻象》看来，我彻底猜错了！这些年来，陆奥雷仍然以诗人的敏感捕捉生活，以深刻的思想洞见，在诗歌、散文、短篇小说中，展露出世界的真相以及截然不同的人生观。

正如他在《记忆的保留谁担当？》一文中所说："下环街、沙梨头，就和'老街坊'这个词一样，让人添起几分惜旧情怀。那些感觉是诚恳和亲近的，那里有它们独特的风景，是没有其他东西可以代替的。在那里面收藏的，是澳门人的生命轨迹和掌纹，是根的探寻和源流的追溯，是爱和希望，印证我们这个城市的前辈们所有的努力和汗水。"

情怀，不同于记忆，没有情怀，便不能唤起人们的回忆。情怀与记忆，犹如相机的光圈与快门，缺一都不能显像，一切的人和事均会湮灭。只有陆奥雷用文章、用诗篇、用故事种植的榕树，才可以抓紧地面，进入泥土里，像许多根木桩，牢牢地抓紧这个城市已经消逝的美好时光。

每件事习惯归入一个时代 / 酒是醉人 / 居室的年份 / 我们相爱的编年史 / 写进各自记忆 / 没有吻别的夜 // 动人是来过的地方 / 数码无法对焦新相识的建筑 / 但我仍旧手执昨日的照片 / 直至发黄或雾化 / 看不清你的容颜 / 却记得你的名字 / 记不起琐碎日期 /

却仍记得我们来过的地方 / 破碎一段语言 / 只为写就
除你以外无人听懂的情歌 / 当你有天到来 / 站在我们
对望的路口 / 我的思念还在这里 / 背着明天 / 唱属于
我们年纪的情歌

——《这一次，我一个人来到这里》

陆奥雷写的《这一次，我一个人来到这里》，无论从哪一
段开始节录给人阅读，都会是一首感动人的名篇。早前因为准
备新书的出版，他还很没自信地跟我说："板樟堂诗人实不敢
当，现在再看自己写的诗，感觉真的不好。"其实，诗歌不用
写得多，只要写下一篇代表作，便足够让人惊讶了。试想新生
代诗人林玉凤的《假如我爱上了你》、黄文辉的《历史对话》，
他们也是因为写出了代表作，而受到外界重视。在这十年里，
每当陆奥雷感到气馁的时候，我都不时鼓励他：管它什么称呼，
现在一切都不重要了。只要你还热爱写作、热爱这座城市，即
使你是一条咸鱼，即使你已经没有梦都不紧要了。因为你还可
以用自己余下的咸香，继续发挥你的价值。

纪伯伦曾在《孤独》里面说："生命是两个一半：半个僵死
不动，半个炽烈燃烧，盛燃的一半，那就是爱情。"我倒认为，
文学创作是两个一半：半个是僵死不动的读者，半个是炽烈燃
烧的作者。陆奥雷必须盛燃另一半，让读者知道人间有爱、有
希望，这是他的使命！嘿嘿，兄弟，这次我说真的，请相信
我：你是真正的板樟堂诗人。

神奇的少年时代

近年澳门诗坛发展不俗,作品结集成果丰硕,继去年澳门日报出版社出版的一系列澳门年青诗人的诗集后,现又有曾获第五届澳门文学奖新诗组亚军的新晋年轻女诗人袁绍珊自资出版其处女诗集《太平盛世的形上流亡》。诗集的装帧精美,图诗并茂,分"流亡记""佛兰明高群像""生活研究""昏迷与呢喃"及"恋爱诗"五卷。

作者在出版后记说,出版诗集是她多年来的梦想,可是这念头酝酿心中良久,一直也拿不出勇气出版,直至大学四年级时,因一次电脑故障导致她多年来的作品不辞而别,在网络、报刊上寻找这些遗失的诗作途中,重新一次认真面对自己于2003年至2008年间流连在北京、澳门和韩国的记忆及情感,于是把影响过她的人事物记录下来,可见作者十分执着于生命的体验和思考。

匆匆翻阅袁绍珊这五年间所写的作品,多描绘繁华背后都市人的生存状态和情爱,在字里行间,不时感觉到她的"离别感"。这种离别感,是生于她常常怀疑自己现在的幸福与安定,因为这数年间,小城起了翻天覆地的变化,这种从未有过的兴旺发展,并没有改变人们的生活素质,反而使这座城市的人变得更加冷漠和迷失。于是,袁绍珊以"生活在别处"的强烈幻想去写诗,去治疗情感之痛,挣扎跳出和理想格格不入的世界,试图以诗这种更为曲折的方式保存自己,并在热闹的幻象中对世界保持清醒。

　　一首诗歌的成败很大程度上取决于作者有多少想象力和对生活的敏感度，但一本自资出版的诗集成功与否，很多时都决定于作者有多少的勇气和为艺术牺牲的精神，因为在这个物欲横飞的年代，还会有多少人爱诗和读诗呢？神奇的是，袁绍珊能够不理会周边的白眼与现实景况，继续以写诗的方式去探索世界和记录生命。香港诗人廖伟棠便形容"绍珊的诗让我想起神奇的少年时代：那时，即使身边最熟悉的地方也是异乡，爱人总是异乡的人，唱着诡异的未知国的歌谣"。而这个神奇的"少年时代"，正正就是每个人不惜一切，为追求自己的梦想而努力奋进的时代。

卷九　那谁何苦等你唱

致读者

动笔之时，正听着刘若英的《一辈子的孤单》。对于我这个长期写诗的人来说，现在突然写散文，或许有点难度。可能一直受现代诗的跳跃式思维影响，以为自己写出来的文章过于跳跃，阻碍读者的阅读。于是经过几个晚上的再三考虑后，还未敢草草下笔。在写专栏前，曾与好友陆奥雷谈论到这些问题。当时陆奥雷很有自信地告诉我，只是写写文章而已，没有什么好害怕的。其实，这是我第一次写专栏文章，心中百感交集。

经过几天的反复思考后，对于专栏写作，终于找到些许头绪。大都集中在我该如何书写方面（或曰我该如何说话方面）。罗兰·巴特对于书写有这样的看法："任何现实世界当中的事物，就它与人的关系而言，从来都存在着三重面貌——真实的、意象的和书写的。"亲爱的读者们啊，我尝试就我二十出头的青春期面貌，写出属于我们二十岁的青春诗篇和主题，希望能够得到你们的欣赏。

一辈子的孤独，是否古今中外文学创作者的共同命运呢？记得不久之前，来到一位诗友的办公室索取诗刊，他曾这样对我说："我在这里很无聊，平日没有人和我谈论文学，所以我很孤独。"创作者孤独的原因，大多决定在作品上。如果你的作品能够引起读者共鸣，那你就不再孤独了。

从 2003 年开始写专栏文章的我，特别喜欢 Levin 诗友的诗句，他是这样写的：球棒、迫炮、喇叭或者魔杖／这么热的日子里最钟意的应该还是水枪／沁着水，咸的／采取蜡笔小新返家的方式／把门撞开："你回来了。"是的，亲爱的读者们，我的短篇散文集终于出版了，当你们打开这本书时，不妨采取蜡笔小新返家的方式，用力地把我这边收藏着青春的房门撞开，我会温柔地对你们说声："嗨！你们回来了啊！"

片段·遇见

2012 年。

遇见。我看着她手上的那本书，她翻到第一百四十页，书页已到尽头——她的目光久久地停留在那一页上。没有一种表情让我能好好地解读她，那篇叫《在等待与到来之间》的文章说："人生是由无数次的遇见组合而成的。当我们再次遇见的时候，可能是一个故事的结束，也可能是另一个故事的开始……"她始终没有把书放下。我在她身旁，想要做点什么，好让我们都能回到这个世界。

长椅。我一直静静地陪在他身边，他说他寂寞，不能再一个人留在家里了。我驾车把他载到海角游云，他坐下来后一直望着远处，一对躲在草丛中的情侣。我在他身边喝着汽水不发一言，我悄悄地看到他眼中的泪水。第二秒，他抱着那张长椅吼哭，吓倒了一批情侣。海角游云中的所有人都作鸟兽散了，除了我们两人，以及他失恋的哭声。我在他身旁，想要做点什么，好让我们都能回到这个世界。

网志。我找到她的网志，看到她书写的文字。她说："总有一天，你会在 BBS 上翻阅到我的诗句 / 思念像流浪者的心，一直寻找最初的坐标 / 玫瑰花开在某座城市某个街角黄昏里 / 我们会在梦土上相遇 / 这样也好，就让我们安睡、让我在精神上苦恋着你 / 亲爱的□□，生命从没了断一切 / 就像分手那天开始，雨一直下着 / 我们一连串的悲喜 / 一直绵延至下世纪"。

我想要说点什么，手停留在键盘上却一个字也打不出来。

啤酒。他说他失恋了，不知道为什么会那么难受，只是一个不爱自己的女人而已，为什么要为她伤心。第二天我陪他到海事博物馆，在馆外的喷水池，我们两个一起喝着啤酒。有了第一天的经验，我很怕他会跳进水池。我们把一打啤酒喝光了，他对着空罐说，为什么会没有啤酒的，然后用啤酒罐往池中一捞。他问我要不要也来一罐。我摇摇头，他又再往水池捞了一罐池水，继续往口中狂灌。我想要说点什么，可是话在口边，却一个字也吐不出来。

对话。分手多年，她还深深地记挂着那个曾经生活在一起的人。朋友从笑她傻骂她笨，到最后建议她接受辅导，她只是默默地接受，总像接近失去能量的电动兔子般无力回应。她说："你看不见满布夜空的星群／是我失眠的一些想法"。我说："我看不见／你独个儿／躺在沙发上抚摸发呆的猫／默默思念谁"。我隐身在某个 ID 后面反复回应她的动态，用她喜欢的方式。

也许这就是艺术／我们一次又一次错误的构思／谎言，其实是现实的细节

海滨。过了几天他又再找我，他说他总算明白分手了应该重新开始，今天他有点闷想去呼吸新鲜空气。黄昏时分，我把他带到海滨长廊。我们坐在岸边，望着对面的情侣路，直至天色昏暗，直至街道渐亮。在遛狗与晚跑的人渐多的时候，我和他走到海滨的小讲坛。他站在演讲点，我站在他的正前方，望着天上的星星。"听着，我已经不再爱她了！他妈的！"最后一句的回声，在空气中停留了一秒。他开始念起一些不知名的

诗，其节奏让我想起了某个陌生人的说话方式。

故事。 她写到一个失恋者的故事，她朋友的故事。里面有我的影子，有她的影子，也有从未发生的零散片段，就像人间各种悲欢离合，集结成一个永恒的主题。我们在板樟堂相恋，在板樟堂失恋。我们在板樟堂相遇，在互联网相识。

　　爱情与命运／没有坐标／没有定位／一如地球诞
生与灭亡／没有来龙去脉

她说。 爱与不爱，遇见与不遇见，我们无从选择。我说，种种片段的集结，我的、你的，还有穿行在这个城市的各种故事。虽然无论如何也无法找到爱的来龙去脉，但至少我们借此理清了命运的轮廓。

松山。 为了开展新的生活，我劝他要多做运动，注意自己的身体。几天后他约我到松山跑步，在一个天阴阴的早上，松山上的路好像刚被雨水清洗过一样。我们沿着石梯级向上走，到达健康径。他对我说，那么我们就在这里开始吧。他没有等我回答，便一个人往前面跑去。他跑得很快，早晨的露水让空气变得很湿很湿，我看着他跑在前头的背，仿佛感到了他飘来的汗水和泪水。

　　光影细数／四周流动的愿望／骚动过的空气／一
呼一吸／结束于霏雨中／／新一年／我们无怨无悔／像
月历的身世／以周期为由／重回爱的起点

演绎。 她说，种种的细节都显示那个人在用另一个方式在演绎她的生命。我隐身在 ID 背后说，像镜子一样细心地观察、了解另一个自己，是重塑人生最诗意的方式。她说，我很像他。我说化装舞会总会有散场的时候，最后留下的两个人，在同一个曾经热闹的宴会厅内对望。这时总要有个人先打开话匣子的。只要有人说出一个谜语，这样才有谜底以外的故事。然后她离线了，我睡着了。

夜店。 跑松山的那天晚上，他还邀我一起去酒吧，可是我太累了。第二天他再打电话给我，要我和他一起去"狩猎"。可是我们没有猎到什么，整个晚上我们只是对着酒发呆，望着电视，然后一杯一杯黑啤加冰地喝着。夜深时分，酒吧内播放的音乐越发激烈，他靠到我的耳边说了句话，我听得不太清楚。"好吧！我们出去再说。"其实我都听到了。

结局。 此后有很长一段时间，我们经常躲到白鸽巢公园附近的小巷，聊了很多事情。我们坐在巷内的石阶上，一边喝汽水一边聊天。他终于把话好好说完了，我觉得自己终于可以开口说点什么。事情在这里开始，也在这里结束。第二天，他打电话给我："喂，不如我们结婚吧。"我说好啊，没有迟疑一秒。他打电话给他母亲，说四日后会到教堂行婚礼，他妈差点被吓昏了。我们勉强找来两个朋友做见证，朋友问我为什么会答应，我说，感情就好像摄影那"决定性的瞬间"，是预见、是偶然？谁又会知道为什么？也许我们都曾在对方身旁，想要为对方做点什么，好让彼此能回到这个世界，重新生活。

那双停在键盘上的手，那些没有说出的话，那个不再运行的时钟，为的就是让我们能好好地感受当中的意义。有些肉眼看不见的东西，只要闭上眼睛就能渐渐清晰。

就这样百无聊赖地爱你／对杂草丛生的世界不闻
不问／十指紧扣你手／过一个秋雨微凉的周末

这刻，看着身边的你。只想说，遇见你真好。

　　我想对你说

　　遇见你最好

　　一个人不管做什么，眼睛所见和心灵间一定存有某种关系被联系着；闭着的眼睛看见内在，张开的眼睛看见外在世界。

——布列松

木棉花开

题记：树犹如人，因生长环境不同，而有着迥异的命运与故事。我们又该如何定义澳门半岛与离岛的树？

一、镜湖医院木棉

春暖花香，木棉如火焰般一簇簇燃点到湛蓝天空去，让早已迷失于四季的鸟，站在枝丫上吸啜春意盎然的好时光。镜湖医院旁的木棉树，看透人世间的悲欢离合，率先开个灿烂，虽然花朵大得骇人，却美得正气、健康，静静地打量着疫情笼罩下的小城，给予活在阴雨绵绵日子里的人一种鼓舞。

三月初的清晨，我从梦中醒来，瞥见医院内各色人种的人生底色，有红的，蓝的，紫的，白的，缤纷如一个花花世界，然而这个世界却是一朵凋零一朵盛放，美丽总是让人忧愁。睡在隔壁病床的小孩，他的妈妈每天拿着绘本，看着他苍白的脸，念念有词，我被她的美丽感动了。他们似乎在用一个童话故事，去抵御一个遗憾的世界。

这时，阳光打在他俩身上，我看到窗外的英雄树伸出了双手，拥抱着许多失落的心灵，火烈烈的，非常温暖。恍惚之间，我想起了小时候爸爸在镜湖巴士站和我说过的话："懂得欣赏树的花开花落不同状态，才能淡然面对不可知的命运。"

二、路环木棉

海浪拍打岸堤，风在云上怀孕了一巢春意，麻雀飞到我身旁啄食石仔路上的晨光，路环正因长着许多不同的树，才有了清新的空气和优美的视野，我坐在长椅上做了一个白日梦。

六岁那年，依稀记得外婆牵着我的手从圣方济各教堂走出来，漫步在那片落满木棉的行人道上。她随手捡拾木棉花，犹如小孩得到父母赏赐糖果般，兴奋不已。外婆知道我好奇，便不慌不忙地告诉我：木棉是一种古老树种，广东人称其为"英雄树"，每年三至四月份先开花后长叶，花冠五瓣。它的花、树皮、根皮均可入药，晒干后是药食两用的好东西，是我平日喜欢喝的五花茶中的其中一种花。那时，对于外婆的红棉信念，我是一知半解的，但我却可以从她喜悦的脸上，看到了春天的神采。

一朵朵火红的木棉花，魅力没法挡。我依样画葫芦，把坠落的木棉花一一捡起，它瞬间美化了我的童年想象：在谭公庙前，我可以独自一人踢着用它做的毽子，玩得不亦乐乎；也可以将它当作游戏道具，和几个陌生孩童一起玩跳飞机建立友谊，在木棉花一抛一拾之间，外婆渐渐走远了。

懒洋洋的午后，非常适合做白日梦和念故人。我蹲在有一百八十八株龄的木棉树下，把一朵朵思念拾起串连成颈链，挂在外婆的脖子上……在梦中，我仿佛闻到一股淡淡的清香，那是我怀念的五花茶味道。

美食之都

民以食为天，一些爱吃爱喝之人，必然把美酒佳肴放进人生的前三位。在经济腾飞的年代，有钱，便不愁衣食。不少饮食男女，更从小立志长大后努力工作，准备四十岁前环游世界，吃尽天下美食。

据说近年有商人提出兴建世界美食村的建议，目的是让世界各地的传统、新潮美食汇聚一堂，搞个最具时代噱头的美食村餐舞会。当然，要举办这样的美食村餐舞会，除了美食，亦必须带有世界各地文化的感觉；出席这场美食村餐舞会的顾客，便需要穿着自己所属民族的服饰，会上亦会播放不同地方的音乐和视觉艺术作品，以增强食客吃喝的欲望，实行新时代的"美食文艺大复兴"。

说至此，一些爱吃的朋友们，必定被我描述的美食村餐舞会所诱惑。可惜这样的餐舞会，纵然能够出席，价钱也必定不菲。而要吃到各种美食，也不一定要环游世界。要选择便宜的吃法，澳门每年一次的美食节，便是一个好去处。澳门美食节集各地美食之大全，而且物美价廉，喜欢吃的朋友不需大费周章，就可享受到各地佳肴。

在新冠疫情暴发之前，我曾带领初到澳门观光的朋友到西湾湖广场美食节品尝各地美食，日落时分就开车载他们逛路环，他们受不住圣方济各教堂旁的雅憩花园餐厅的诱惑，点了马介休、西洋白酒蚬煲、焗葡国鸡等土生美食，冷不防有人大声说："太过分了！澳门除了美食节外，原来这里也可以品尝到这么道地的土生美食！"足见澳门美食之都的威力！

可惜，这场突如其来的疫症改变了世界，也或多或少改变了每个人的饮食习惯。今天，我只能一个人来到路环，听着唱机播放陈奕迅的《十年》，一边吃着马介休，一边遥望夕阳余晖洒落海面，静静地想起昔日路环风貌，牢牢记住今天的海洋味道。

思想驿站

　　几乎每个周末送了儿子上兴趣班后，我都会到何东图书馆看书，打发一下时光。在我居住的地方，四周都被大大小小的娱乐场包围着，但位于岗顶前地尽头，与周围一众欧式建筑相映成趣的何东图书馆，却算是这座城市的绿洲。而在我眼中，何东图书馆就是隔绝尘世的思想驿站，我能够在里面找到真理，找到欢乐。

　　二十世纪九十年代初，我住在新桥区，耍乐场所除了白鸽巢公园外，就是自己家对面的小巷了。街童四五人，天天如是，在公园或小巷里追逐，童年生活非常乏味，直到我邻家的小张同学提议，不如去图书馆玩玩吧！从此，我们一有余暇，便会去泡图书馆。

　　不过，大家都应该知道，回归之前小城治安不靖，不论你在学校也好，在公园也好，总会看见一群少年欺凌另一群少年，并在喧哗嘈骂声中听到有人自称黑帮分子。许多父母都害怕孩子学坏，不会随便让他们外出玩耍。特别是我父母，对我的管教特别严厉。那时候我班的班长小张，不知费了多少唇舌才说服我父母，放我一条"生路"。

　　升初一那年暑假，小张每天都约我与小海到何东图书馆去看书。烈日炎炎下，汗流浃背，幸好途经板樟堂、新马路一带的建筑物，都有骑楼为行色匆匆的路人遮阳挡雨，让我们好一阵凉爽。小张与小海，都是优异生，他们不像我这般懒惰，早已在家里写下每次到图书馆要阅读的书目，而我，只好跟着他们一起阅读，因为只有这样，我们的话题才能源源不绝，友谊才能长久稳固。

就这样，年复一年，二十多个寒暑，我们阅读过的书，一本挨着一本，仿佛成了一条长长的虚线，把我们的命运紧紧捆绑在一起。

那谁何苦等你唱

近年身体不好，医生吩咐我，尽可能减少出席过百人的活动，一是怕我眼力透支过度晕倒，二是怕我太兴奋心脏负荷不了。为了保命，我只能出席简单的小型活动（疫情下不鼓励大聚集，这里只能这样表述，不说真话），譬如本周六下午二时半至三时半于第二十三届澳门书市嘉年华（理工体育馆）举行的"那谁何苦偷偷唱——《离调而鸣》林格新书发布会"。

一看林格的新书发布会题目："那谁""何苦"偷偷唱，我脑海立即浮现苏永康、容祖儿的名字，继而偷偷唱出"你和那谁那天分手你泪痕像条绿色的锈"……都怪自己好奇心强大，总忍不住想打探别人的情史，尤其是常常在文字之间不停转换笔名（性别倒没有）充满神秘感的霜满林、林格、陈侃。

十年前当文学版编辑时，我总喜欢看笔名猜作者体型，我幻想中的霜满林是胖胖的（可能是女生？），林格与陈侃，应该是瘦瘦的（可能是同性恋？）。后来在某个场合见面时，有位女孩告诉我，她身旁的那个害羞男孩，就是写诗的霜满林……真让我大跌眼镜。到底，这女孩和霜满林最后有没有落在同一个调上呢？

由诗集《南客喃喃》到绘本集《麻雀细细》，再到今天的短篇小说集《离调而鸣》，每一部书都与鸟有关。看来林格对鸟情有独钟，不然的话，他本身就是一名"鸟人"了，但这鸟人，可以飞翔于文学与设计等领域，又不得不赞美他出众的

"持久力"和"战斗力"。好了，不管他平日对女友有多鸟，我都认为他是一个好作者、好设计师（客套语）。

最后翻一翻旧账，作者曾在出版第一本书时说过绘本是女神，新诗是红颜，那么现在的短篇小说，算是什么呢？老婆？小三？还是闺蜜呢？这个"三妻四妾"的人，以上哪种称呼都是顺得哥情失嫂意，都是要跪榴莲的。本周六下午，林格你准备好了吗？（笑）

黄昏之前，入夜之后

　　还有一个星期，便要跟今年说声再见了。每年年尾，该去旅行的一家大小，已经到了别处享乐，该筹备节日庆祝的工作人员，也正忙得不可开交。没假期留在澳门工作的我，这个星期不再需要提早半小时出门，不再需要与来自五湖四海的大哥大姐争泊车位，悠闲地享受小城原有的缓慢生活节奏。

　　下班后的黄昏，天气好得不像话，虽然气温只有十多度，但夕阳的余晖足够照暖打工仔的心。你约我吃饭，我看时间还早，便不驾车，由关前街走到大三巴，再由白鸽巢走到边度有书看书打发时间。徒步有好处，就是可以让你一边行走，一边见物思情，回忆生活在这里的人与事，譬如卢家大屋、女娲庙，你总会在色彩斑驳的建筑外墙，看到时光流逝。

　　沿途老街坊不断跟我打招呼，仿佛迎面扑打的北风毫无杀伤力，如刀割肉般的难受感觉，顿时消失得无影无踪。走着，走着，便想起了本澳摄影师陈显耀在某专访中说过小城旧区有着浓浓的邻里情怀这句话，今天眼底所看见的，大抵就是这种感受吧。邻里们亲切友善的待人态度，让我心里很舒服。朴素、热情、善良——构成了这座城市更多层次的文化内涵，也构建了随处可见的澳门形象。

　　经过老房子、老店铺，来到热闹非常的议事亭前地，我又突然想起了摄影师陈显耀在访问稿中展示的一组"花地玛圣母圣像出巡"照片——记得你曾说过，五月十三日是你最不能遗忘的一天。希望我能够在主教大礼弥撒前到来，因为过了这段时间，整座玫瑰堂便会挤得水泄不通，我不能再轻易找到你的身影。而我却偏偏不相信，迟到了。后来我才知道，你是一位虔诚的教徒，每年都会参与这座城市最盛大的圣像游行。为了爱你，从此以后我们的约会，我都不敢再迟到了。这时，你正和几个朋友迎面而来，与我会合后，一起到附近的餐厅吃晚饭，庆祝彼此相识十周年。

入夜后的新马路，不再人头攒动，不再人声鼎沸，街灯将黄昏之前的那些热闹，写成了一段又一段宁静的诗意。这时，我们牵着手散步，你笑得如斯灿烂，犹如这里不曾消失的繁华。

旅行以外的故事

　　想不到第一次到海南岛旅行就遇上了证件过期的问题。事缘出发那天上午八时许，平日坚持每两周便到珠海取淘宝物品的太太，竟然在出境时被海关人员查出证件过期，不让她过境。已经过关的旅伴听到此消息后晴天霹雳，有的人责怪她"大懵"，有的人想尽方法帮忙她办理新证件，希望她能赶上这趟旅程。

　　正所谓天有不测之风云，出外旅行的人最怕是遇上恶劣天气或证件过期，偏偏我们碰上了其中一种，原本的好心情顿时坏透了。朋友们一早计划好假期筹划的海南之旅，不应因我们的错失而搁误的，最后我着他们先出发，自己则留下来陪伴太太等补发临时证件。

　　事情经过一波三折后，我们终于来到珠海机场。由于过早醒来的关系，我们在购买新飞机票后，太太不由自主地在我怀内睡着。这刻，我想起太太之前被海关人员扣留时说过的晦气话："不去了！你们去吧！我先回澳门。"但我仍然不死心地跟她说，谋事在人，做任何事情都要坚持，不要轻易放弃，工作如是，旅行也如是。

　　旅行的故事，任你的朋友回来后说得如何眉飞色舞，很多时候都不及你亲身去体会的奇妙。没想到这次十多人的海南之旅，因为证件过期的关系，结果变成我跟太太的二人之旅，感觉有点像初婚夫妇的度蜜月之旅。在一个完全陌生的城市里，我们一路欣赏壮丽的景色，一路用 WhatsApp 与旅伴保持联系，这些这些，都是旅行前没想到的故事。

来到海南岛已是日落时分。我们抵不住肚子饿，匆匆在一所小饭店用餐后继续上路，争取入夜之前与团友会合。从机场一直到三亚，当中花费不少时间，在车厢内睡睡醒醒，美景一路相随，能够进入眼帘的，多少都需要一点缘分。这刻，我觉得我们虽然因证件过期，而错过了不少原本要安排游览的名胜，却因此在途中欣赏到红日下沉时海面被染红的壮观。即使整天舟车劳顿，感觉仍是愉快的。

太太在我身边睡得很甜，如果这时候叫醒她起来欣赏夕阳，我想我这几天的下场一定不好过。有些人去旅行是为了放轻松，只要给他们安安静静地吃喝睡就可以，而有些人则是去增广见闻，或治疗失恋的伤痛，纵然各人的出发地一样，但当中经历的故事却截然不同。看过的美景越多，越明白生命中遇见过的美景其实不少，只是我们平日忘记了用最轻松的心情去发掘它们的美丽。

夜幕来临之际，我们终于到达目的地，与其他旅伴联系上后，便开始今次的海南之旅。人毕竟经历多了，走在陌生的街道上，怎么逛也不像从前那么易于迷路。走累了，可以到大排档好好饱尝海鲜，喝点白酒，一起缅怀过去，细说当年。十一点多后，有几位身形魁梧的旅伴不胜酒力，醉倒在街上，幸好有招呼我们的当地朋友在旁，不然真的不知道怎样离去。

离开食肆后，一伙人坐上已有醉意的当地朋友车上，准备回度假村。虽然之前曾有人提议过坐的士，但这个意见很快便遭人反对，原因是当地朋友希望能一尽地主之谊，绝不让我们坐残破车子回去。

在半醉半醒的状态下，我与太太被迫上了一部七人宝马车。坐在我身旁、早已醉醺醺的旅伴突然发酒瘟，不断问候他人的母亲，语无伦次，当车子开至时速一百八十公里时，我没有呕吐、恐惧感，反而有点好奇，到底每年参加格兰披治大赛车的车手，在赛车场上风驰电掣的刹那间，想到死亡的影像是否跟我一样？会否有某种特别兴奋的感觉？

车子一路向南走，时间一分一秒地过去，午夜十二点之后，这座城市便寂静下来，而我们，最终都能平安地返回度假村。有几个旅伴可能坐不惯车，到达目的地后便呕吐大作。由于度假村依山而建，十点钟过后差不多所有的照明系统都熄灭了，太太怕黑，牵着我手，小心翼翼地沿着山间小径步行回去。

海南岛的夜晚没有澳门那种喧嚣，窗外繁星点点，海风习习，我与太太很快便进入梦乡。这个晚上，我做了一个很奇怪的梦，我梦见自己来到机场 check in 时证件过了期，弄了大半天手续也没补办出来，目瞪口呆地看着朋友一个接一个离去……半夜乍醒，满头大汗，整夜辗转反侧难以再睡，我突然明白，纵使美好环境在前，也不及家中那张混杂着汗水与臭味的床好眠。

我想，我该回家了！

龙记酒家一甲子沧桑

"2046"是一个房间号码，当中锁住了一段刻骨铭心的爱情；"1945"也是一个房间号码，里面锁住了澳门上代人的回忆。只要走进"1945"号房间，澳门人就可以在那里找回集体记忆，因为这房间自1945年开业至今，它的装潢一直保持着当年的气派：衣着光鲜的侍应生、天花板上华丽的旧式吊灯、蕾丝玻璃木门，以及挂在墙上的名人字画；加上坚持以传统地道、具家乡风味的顺德菜为主，这里六十年如一日，一踏进去就有种回到过云的感觉；这就是王家卫电影《2046》里，周慕云经常出入的食店——龙记酒家。

开业逾半世纪的龙记酒家，是本澳现存的传统酒家之一，于二十世纪四十年代由戴先生创办。"二战"期间澳门百业萧条，他毅然到香港另谋发展，因与伙计感情甚好，故把酒家转手；当年，冯崇荣（今龙记酒家负责人）的父亲也是龙记股东之一，与工友合力继续经营下去。

龙记酒家开业之初，只得地下铺位做食堂，后来业务蒸蒸日上，打响名堂之后，才逐步扩张二楼及三楼，一律座无虚席。冯先生回忆说："龙记酒家的铺位是周介眉的物业，他与龙记的员工关系甚好。起初，周先生住在铺位的楼上，后来看到龙记生意日渐兴隆，需要扩充营业，他才又把三楼租出。"龙记渐渐成为澳门著名的食府，钱也赚了不少，但老板与伙计之间，始终坚守传统，难怪到了今天，侍应生仍然待客彬彬有礼、招呼周到。冯先生笑言："这种待人之道是昔日澳门人的优良传统。那个年代，澳门人很有人情味，不会把钱放在第一位，老板与伙计亲如一家人，就像周老长期租借地方给龙记做生意一样，都是出自一份人情。"

龙记酒家以优质的顺德菜打响名堂，"龙记四宝"鲍翅炖鸡、咸鱼猪肉饼、虾多士、豉油王妙龄鸽享负盛名。不少昔日名流绅商、文人雅士、历任澳督，就连前任特首何厚铧的父亲何贤都是龙记的座上客。"有一年，何贤患病须到美国就医，回到澳门后便第一时间到龙记食返餐。当时，何贤非常爱吃炆面，故龙记特把炆面改名为何贤炆面。下次何贤再光顾时，他甫进门还未坐下，伙计已着厨房准备何贤炆面了。"冯先生认为，经营一家酒家，除了食物鲜美外，服务态度绝不能马虎，这是引客、留客之道。所以，适逢节日假期，昔日中旅社、名流绅士，都会邀请莅澳贵宾到龙记品尝佳肴美食。龙记酒家霓虹灯招牌高照，宾客盈门，它的名字从此走入了小城的家家户户中。

龙记酒家的生炒鲜牛奶、脆皮炸子鸡、金钱蟹盒、菜片鹌鹑崧等，都是脍炙人口的菜式，受到不少食客欢迎。其中的"先生炒饭"，更是写字楼打工族的午饭主食。这个先生炒饭，原来有段古："数十年前，驰名的黄珍记百货公司老板黄先生，经常到龙记食饭，每次都会点杂锦烩饭。有一天，黄先生突然想吃特别的烩饭，于是，厨师便改用鲍鱼、虾球等贵价食料来炒饭，结果黄先生大赞好味，自此，这个杂锦烩饭便改名为黄先生炒饭。"冯先生续说，现今餐牌菜名已省去姓氏，并以虾仁、鱼柳、鸡肉及冬菇等材料代替，价钱大众化，深受上班族喜爱。

冯先生除了是生意人，亦是风雅之士，店内挂有不少书法、国画，当中更不乏名家之作。南海十三郎父亲、有"百粤美食第一人"美誉的江孔殷、周公理、关山月、伍月柳等作品，与店内的传统菜式和久历风霜的古旧摆设放在一起，别有一番雅致，吸引了来自内地、日本、新加坡及中国台湾、香港等地的旅客、艺人慕名而至，甚至吸引了香港著名导演王家卫前来取景，拍摄怀旧电影《2046》。"以前格兰披治大赛车设有成龙杯艺人赛，每年十一月份，成龙大哥都会带着一班明星老友到龙记食饭庆功。"冯先生如数家珍地说：成龙中意吃香滑美味的咸鱼蒸肉饼，周润发必吃别具口感的大良野鸡卷拼炒鲜牛奶，至于"红姑"钟楚红就最爱吃鲍翅炖鸡……

六十五年时光一晃而过，龙记酒家见证了小城的经济发展。随着近年澳门赌权开放，政府大力推动旅游业发展，以及内地开放自由行，议事亭前地一带纷纷开设了大型化妆品连锁店、知名咖啡店和手信店，小城的城市面貌、百姓生活，以及传统商号的经营环境也发生了翻天覆地的变化。部分老店因租金急升而被迫迁出，甚至成为澳门地图中消失的街道风景。

现今，龙记酒家旁的明苑粥面、义顺牛奶公司等店铺都相继结业和迁出。面对今天新搬进来的手信连锁店，冯先生深感无奈慨叹："他们（同业）已经不能在议事亭前地看到川流不息的人流了，我想起与他们共历风雨的日子……"冯先生一直为龙记酒家的将来努力，希望能尽一点绵力，保育这所濒临绝种的旧式传统食府，守住澳门人珍贵的集体回忆。他没有回头，仿如电影《2046》中的周慕云一样，坐上一串很长很长的列车，在茫茫夜色中开往朦胧的未来。

（京权）图字01-2024-5379

图书在版编目（CIP）数据

神奇的少年时代 / 贺绫声著. -- 北京：作家出版社，
2024.12. --（澳门文学丛书）. -- ISBN 978-7-5212-3155-7

Ⅰ. I267

中国国家版本馆CIP数据核字第2024BV9915号

神奇的少年时代

作　　者：贺绫声
责任编辑：张　平
装帧设计：意匠文化·丁奔亮
出版发行：作家出版社有限公司
社　　址：北京农展馆南里10号　　邮　　编：100125
电话传真：86-10-65067186（发行中心）
　　　　　86-10-65004079（总编室）
E-mail:zuojia@zuojia.net.cn
http://www.zuojiachubanshe.com
印　　刷：三河市北燕印装有限公司
成品尺寸：133×214
字　　数：235千
印　　张：9.75
版　　次：2024年12月第1版
印　　次：2024年12月第1次印刷
ISBN　978-7-5212-3155-7
定　　价：42.00元

第一批出版书目

王祯宝 《曾几何时》

水　月 《挥手之后还会再见吗》

邓晓炯 《浮城》

末　艾 《轻抚那人间的沧桑》

吕志鹏 《在迷失国度下被遗忘了的自白录》

李成俊 《待旦集》

李宇樑 《狼狈行动》

李观鼎 《三余集》

李鹏翥 《澳门古今与艺文人物》

吴志良 《悦读澳门》

林中英 《头上彩虹》

赵　阳 《没有错过的阳光》

姚　风 《枯枝上的敌人》

贺绫声 《如果爱情像诗般阅读》

袁绍珊 《流民之歌》

黄坤尧 《一方净土》

黄德鸿 《澳门掌故》

梁淑淇 《爱你爱我》

寂　然 《有发生过》

鲁　茂 《拾穗集》

穆凡中 《相看是故人》

穆欣欣 《寸心千里》

以上按作者姓氏笔画排序

第 一 批 出 版 书 目

曾几何时

王祯宝／著

Colecção Literatura de Macau

第二批出版书目

太　皮　《神迹》

尹红梅　《木棉絮絮飞》

卢杰桦　《拳王阿里》

冯倾城　《未名心情》

朱寿桐　《从俗如流》

吕志鹏　《挣扎》

邢　悦　《被确定的事》

李烈声　《回首风尘》

沈慕文　《且听风吟》

初歌今　《不渡》

罗卫强　《恍若烟花灿烂》

周　桐　《除却天边月没人知》

姚　风　《龙须糖万岁》

殷立民　《殷言快语》

凌　谷　《无边集》

凌　稜　《世间情》

黄文辉　《历史对话》

龚　刚　《乘兴集》

陶　里　《岭上造船笔记》

程　文　《我城我书》

程祥徽　《多味的人生之旅》

———————————

以上按作者姓氏笔画排序

第二批出版书目

神迹
太皮 / 著
小说
Colecção Literatura
de Macau
本丛书由澳门基金会及中华文学基金会策划出版
作家出版社

第三批出版书目

太　皮《一向年光有限身》

李文娟《吾心吾乡》

何　贞《你将来爱的人不是我》

陈志峰《寻找远方的乐章》

吴淑钿《还看红棉》

陆奥雷《新世代生活志：第一个五年》

杨开荆《图书馆人孤独时》

李嘉曾《且行且悟》

卓　玛《我在海的这边等你》

贺越明《海角片羽》

凌　雁《凌腔凌调》

谭健锹《炉石塘的日与夜》

穆欣欣《当豆捞遇上豆汁儿》

以上按作者姓氏笔画排序

第 三 批 出 版 书 目

一向年光有限身

太皮／著

若心

李宇樑／著

你将来爱的人不是我

河上／著

寻找远方的黑暗

吴淑娟／著

看红楼

邓晓炯／著

图书馆人狂想志：
第一个五年

新世紀生活志

且行且思

水湄／著

我在海的这个你

不知／著

片刻

太皮／著

中台之间与夜

太皮／著

当月挂在天上……

Colecção Literatura
de Macau

本丛书由澳门基金会及中华文学基金会赞助出版

第四批出版书目

李观鼎《滴水集》

李烈声《白银》

陈雨润《禅出金瓶 悟觉大观》

陆奥雷《幸福来电》

杨颖虹《小城 M 大调》

凌　谷《从爱到虚无》

袁绍珊《拱廊与灵光：澳门的 120 个美好角落》

黄文辉《悲喜时节》

梯　亚《堂吉诃德的工资》

蒋忠和《燕堂夜话》

以上按作者姓氏笔画排序

澳門文學  丛 书